J. PEDON

Le Plateau de Millevaches

Extrait de la *Revue scientifique du Limousin*

LIMOGES
IMPRIMERIE ET LIBRAIRIE LIMOUSINES
DUCOURTIEUX ET GOUT
7, RUE DES ARÈNES, 7

1912

J. PEDON

Le Plateau

de Millevaches

Extrait de la *Revue scientifique du Limousin*

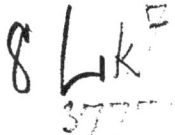

LIMOGES

IMPRIMERIE ET LIBRAIRIE LIMOUSINES

DUCOURTIEUX ET GOUT

7, RUE DES ARÈNES, 7

1912

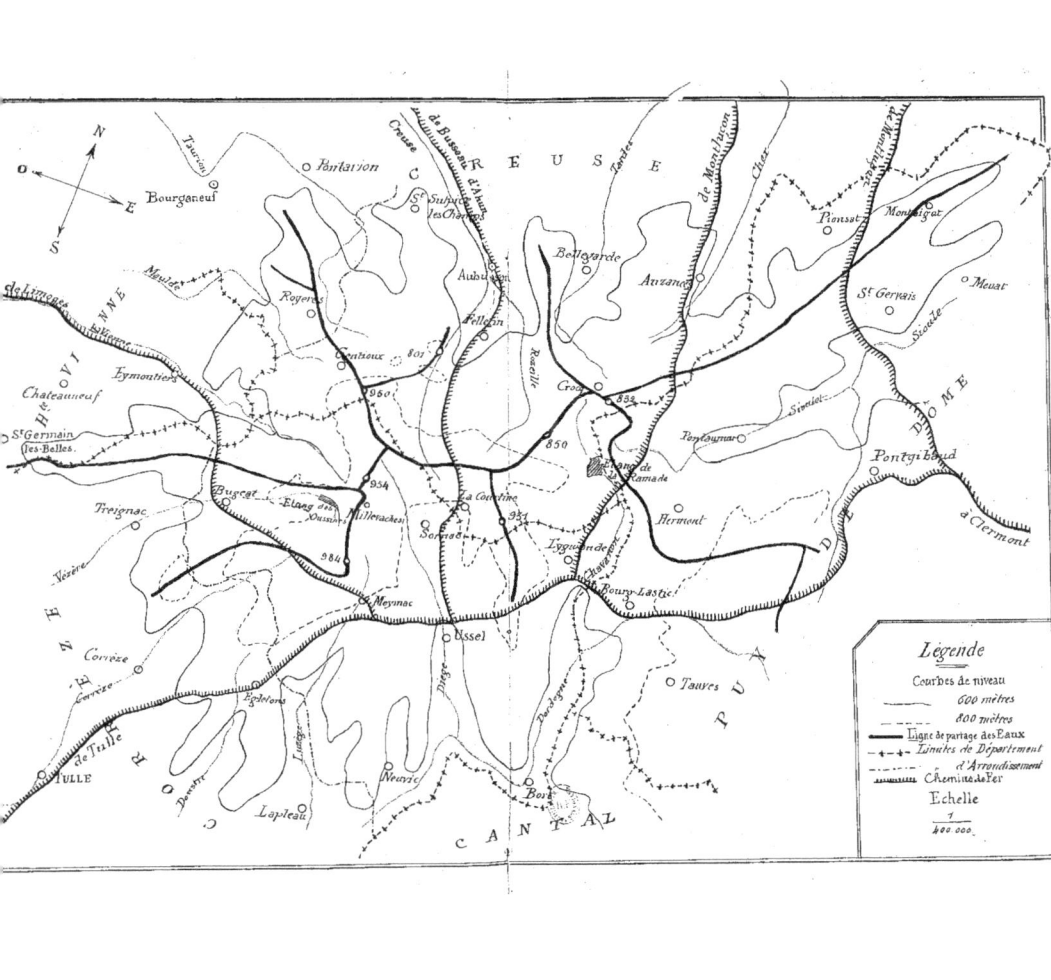

Le Plateau de Millevaches

PREMIÈRE PARTIE

**Introduction. — Limites. — Topographie et Hydrographie
Agrologie. — Flore fourragère**

I. — INTRODUCTION

Les auteurs qui ont écrit sur le Plateau de Millevaches, sont
loin d'être d'accord sur les limites à assigner à la région ainsi
désignée.

Aussi bien, certains de nos compatriotes, désireux d'être fixés
à cet égard, et pensant avec Platon et Xavier de Maistre, que
l'on trouve toujours plus de sagesse et de profondeur dans la
formation des mots à mesure que l'on s'élève vers les temps d'ignorance qui virent donner aux choses leurs noms, se sont demandé
quelle pouvait bien être l'étymologie de *Millevaches*, ou plutôt
la raison de la dénomination du plateau de ce nom.

Les uns considérant isolément le mot *Millevaches*, qui désigne
un petit chef-lieu de commune de la Corrèze, croient que cette
localité aurait pu, à une époque plus ou moins reculée, abriter et
entretenir *mille vaches*. Si simple et si flatteuse qu'elle soit pour
le petit bourg, cette interprétation paraît bien peu vraisembla-
ble à quiconque connaît la position géographique du lieu et la
modicité de ses ressources de toute nature.

D'autres veulent retrouver l'étymologie de *Millevaches* en
passant par le patois En langage local, tous les bons patoisants
prononcent invariablement *mié-voschas*, qui signifie en français
demi-vaches. Ils justifient leur version en disant que la faible va-

leur alimentaire des fourrages, par insuffisance de principes phosphatés, ne permettait pas aux bovins d'atteindre les proportions normales et qu'ils restaient à l'état de demi-vaches avant l'introduction des procédés de culture moderne et la création des prairies artificielles, car ils sont obligés de reconnaître que de nos jours on trouve sur le Plateau, à côté des vaches indigènes, des vaches limousines, ferrandaises et berrichonnes qui ne le cèdent en rien à leurs congénères des pays d'origine.

Au surplus, ajoutent-ils, dans leur ignorance des plus élémentaires notions de philologie, les premiers géographes ou les rédacteurs de cadastres ont bien pu traduire *mié-voschas* par *Mille-vaches*; des erreurs non moins grossières se commettent encore chaque jour : le *Pas-de-l'Ansié* (1) est devenu officiellement, depuis le passage récent du chemin de fer, la station du *Pas-des-Lanciers*.

La première de ces explications se présente avec une extrême simplicité. La seconde, celle des patoisants, est ingénieuse et plus savante; elle est conforme aux règles de l'étymologie et en parfait accord avec la forme patoise rarement défectueuse. Néanmoins, ni l'une ni l'autre ne saurait nous satisfaire.

*
* *

Pour découvrir la raison de cette dénomination, nous allons procéder par analogie et considérer le mot *Millevaches*, non pas isolément, mais comme complément déterminatif de Plateau, car il est bien évident que le Plateau existait antérieurement à la localité qui en a tiré son nom.

En Auvergne, dans les régions d'élevage qui s'étendent sur les cantons d'Ardes, de Besse, de Latour et de Rochefort, l'usage a prévalu de désigner sous le nom de *montagne* les herbages situés sur les plateaux élevés et sur les puys. On évalue dans tous ces pays l'importance pastorale d'une *montagne* par le nombre de bêtes qu'elle peut nourrir convenablement avec ses propres ressources pendant la période *d'estivage* (2) qui dure en général du 15 mai au 15 octobre. On dit donc une *montagne* de tant de têtes d'herbage, ce qui correspond environ à un hectare et demi par bête,

(1) **Pas-de-l'Ansié** veut dire, étymologiquement, *Passage de l'eau.*

(2) *Estivage* ou estive, mode de *dépaissance* qui consiste à conduire et à garder sur la *montagne* pendant la belle saison tous les animaux de la ferme à l'exception des bœufs et taureaux de 2 à 4 ans dont on a besoin pour le travail.

De même, en haut Limousin, le terme *plateau* s'applique spécialement, sinon exclusivement, à ces vastes landes ou bruyères affectées uniquement au pâturage, tels les plateaux de Royère, de Gentioux, de Féniers, de La Courtine, des Monédières, etc., Ici, le mot *plateau*, comme *montagne* en Auvergne, est devenu synonyme d'herbage ou de pacage.

De cette constatation il résulte naturellement que le *Plateau de Millevaches* était, à l'origine, un herbage ou un ensemble d'herbages qui pouvaient entretenir *mille vaches*, particularité remarquable qui a fait que ce nom de terroir a pu survivre à toutes les transformations foncières, et le déterminatif *Mille-vaches* s'appliquer à une localité. Cette dénomination remonte vraisemblablement à l'époque où les moines agriculteurs des abbayes cisterciennes recherchaient moins la possession en toute propriété des forêts et de leurs clairières, que les concessions de simples droits d'usages dans les unes et les autres, concessions évaluées en têtes de bêtes.

En raison de la richesse de ses principes nutritifs, l'herbe produite par un hectare et demi de *montagne* en Auvergne suffit à la nourriture d'une bête à corne pendant toute la bonne saison, sans le secours d'aucun autre fourrage. Il n'en était pas ainsi au Plateau de Millevaches, même à l'époque éloignée de sa prospérité fourragère contemporaine de ses belles forêts de hêtres, de chênes et de châtaigniers et il n'est pas exagéré de fixer à cinq hectares au moins l'étendue de *plateau* nécessaire à l'entretien d'une vache. C'est donc un parcours de 5 à 6,000 hectares qu'exigeaient mille vaches.

De ces observations, on peut conclure qu'à l'origine le *Plateau de Millevaches* ne comprenait guère que l'équivalent du territoire des communes actuelles de Millevaches (2.155 hectares) et de St-Merd-les-Oussines (3.771 hectares), le centre d'exploitation étant peut-être Millevaches ou plus probablement les Oussines, où l'on voit encore les ruines imposantes d'un château dont les seigneurs, comme leurs rivaux voisins, s'efforçaient, par des concessions de droits d'usages et parfois des concessions territoriales, d'attirer et de retenir autour de leurs demeures des populations agricoles.

II. Limites actuelles

Nous venons de voir que le Plateau de Millevaches, n'était primitivement qu'un important domaine pastoral, dont les limites étaient déterminées par des considérations complètement étrangères à la science.

Les agronomes et les savants qui l'on décrit de nos jours, se sont attachés à lui donner des limites naturelles imposées en quelque sorte par la géologie, l'hydrographie, la faune, la flore et l'altitude, de façon à soumettre à une étude et à un examen communs des choses et des faits ayant une genèse et une existence communes sur toute une région qui souffre des mêmes maux et appelle les mêmes remèdes.

Pour nous donc, d'accord en cela du reste avec le rédacteur du court article qui lui est consacré dans le *Nouveau Larousse illustré*, le Plateau de Millevaches est constitué par cette vaste protubérance micaschisteuse, granitique et granulitique d'altitude variant de 600 m. (pourtour) à 984 m. (Signal de Meymac), qui s'étend sur les parties contiguës des quatre départements de la Haute-Vienne, de la Corrèze, de la Creuse et du Puy-de-Dôme. Il est tout entier compris dans l'intérieur de la courbe de niveau de 600 m., sauf au S. E. où une immense boucle de cette courbe enveloppant les hautes montagnes d'Auvergne, le laisse en contact avec les massifs volcaniques de la Banne d'Ordanche et des Mont-Dores, qui se trouvent les uns et les autres en dehors de notre champ d'étude.

Sa configuration affecte comme on le voit sur la carte schématique que nous avons dressée au 1/400,000, une forme ovoïdale en pointe fortement atténuée au N. E. Son grand axe de direction Egletons (Corrèze), à Montaigut-en-Combrailles (Puy-de-Dôme), ne mesure pas moins de 120 kilomètres, tandis que son petit axe passant par Bort (Corrèze) et Bourganeuf (Creuse) atteint seulement 80 km.

Ainsi envisagé, le plateau de Millevaches emprunte en totalité ou en partie : 3 cantons à la Hte-Vienne (Châteauneuf, Eymoutiers, St-Germain-les-Belles); 11 à la Corrèze (Bugeat, Treignac, Corrèze, Egletons, Lapleau, Neuvic, Meymac, Ussel, Sornac, Eygurande et Bort); 8 à la Creuse (Saint-Sulpice-les-Champs, Royère, Gentioux, La Courtine, Felletin, Crocq, Bellegarde et Auzances); 7 au Puy-de-Dôme (Bourg-Lastic, Herment, Pontaumur, St-Gervais, Menat, Pionsat et Montaigut-en-Combrailles).

Pour une superficie totale de près de 500.000 hectares, il compte à peine 180.000 habitants sédentaires, d'où une population spécifique de 36 habitants par kilomètre carré, soit un peu plus d'un habitant pour 3 hectares, ce qui est vraiment dérisoire pour un pays où aucune condition climatérique ou agrologique ne s'oppose à la mise en valeur du sol, ainsi que le faisait remarquer il y a cinq ans M. J. B. Martin, ingénieur agronome, dans un très intéressant article « Le Plateau de Millevaches (1) », en parlant du canton de Sornac.

III. TOPOGRAPHIE ET HYDROGRAPHIE

Le Plateau de Millevaches occupe la plus grande partie de la région N. O., du Massif central. Il est à cheval sur la ligne de partage des eaux des bassins de la Loire et de la Gironde. Deux de ses points culminants, Forêt de Châteauvert (931 m.) et Signal de Meymac (984 m.), constituent un double centre orogénique d'où rayonnent vers tous les points de l'horizon 13 principales vallées parcourues par la Vienne, la Maulde, le Taurion, la Creuse, la Roseille, la Tardes, le Cher et le Sioulet qui sont tributaires de la Loire, et le Chavanon, la Diège, la Luzège, la Doustre, la Corrèze et la Vézère, qui sont tributaires de la Gironde. Une multitude de ruisselets et de ruisseaux, dont un grand nombre naissent d'étangs, ramifient les hauteurs qui séparent les vallées principales et déversent leurs eaux dans ces dernières par des vallons de second, troisième et quatrième ordre, si bien que l'on peut dire qu'on est véritablement *au pays des sources,* suivant l'expression de M. Delorme appliquée au département de la Creuse.

Malheureusement en l'état de dénudation actuelle du Plateau et en raison de la déclivité de ses versants, déclivité bien mise en évidence par l'examen des courbes de niveau de 600 m. (pourtour) et de 800 mètres relevées sur notre carte, ces ruisseaux et ces rivières ont un débit très irrégulier et une allure torrentielle. Nous verrons plus loin, en indiquant les moyens de les atténuer. combien ces variations et ces irrégularités sont préjudiciables à l'agriculture.

Dans son ensemble, le Plateau de Millevaches se présente donc avec des cîmes arrondies autour desquelles se dessinent des ondulations de terrain avec dépressions à fonds imperméables sur lesquels les eaux accumulées forment de petits marécages souvent transformés en tourbières ; puis, la déclivité s'accentuant au fur et à mesure qu'on s'éloigne des sommets, ces dépressions s'ouvrent en vallons sillonnés de ruisselets et de ruisseaux qui alimentent les rivières. De maigres gazons couvrent les parties

(1) Voir *Revue Scientifique du Limousin,* n° 147, page 43.

humides ou arrosées par intermittence tandis que les hauteurs au dessus du niveau des sources sont couronnées de bruyères.

Tel est l'aspect monotone et désolé ou pittoresque et attrayant, suivant la manière de voir et de sentir de chacun, sous lequel s'offrent les 300.000 hectares du Plateau de Millevaches soumis à la jouissance collective, c'est-à-dire non affectés à la culture directe ou aux rares forêts et aux petits massifs boisés.

Ce moutonnement de collines, ce vallonnement suivant toutes les orientations, cette profusion d'eau de source et d'eau courante que l'on peut décupler, régulariser et discipliner par une reforestation rationnelle, ne sont pas fait seulement pour les plaisirs des chasseurs et des touristes ou pour des impressions de poètes. Un meilleur aménagement de ces eaux, une judicieuse utilisation de cette infinité d'orientations ramèneraient, comme nous le verrons, la prospérité sur ce plateau, non pas déshérité par la nature, mais délaissé par ses enfants qui vont chercher au loin des ressources plus ou moins aléatoires ne demandant qu'à se produire sur place avec toutes chances de succès.

IV. — AGROLOGIE

Deux principaux groupes de roches, les granites d'une part et les micaschistes d'autre part, forment le sous-sol du Plateau de Millevaches.

Le premier groupe comprend les granites proprement dits et les granulites composés de trois éléments, mica, quartz et feldspath ; ils ne diffèrent les uns des autres que par la couleur du mica qui est noir dans les granites et blanc dans les granulites. Le sol produit par leur décomposition est cependant loin d'être homogène car certains granites renferment plus de mica, d'autres plus de quartz, d'autres enfin plus de feldspath.

Les roches du second groupe, les micaschistes ou *pierres froides*, suivant l'expression locale, ne sont composées que de deux éléments, mica et quartz ; et, si l'abondance du mica indique un terrain maigre, celle du quartz, appelé *pierre blanche* dans les localités où il se présente en masse, ne révèle pas un terrain meilleur. Mais, par une heureuse compensation, les massifs micaschisteux offrent d'assez nombreux affleurements de gneiss et de schistes granulités facilement décomposables, qui viennent apporter le feldspath absent dans la roche fondamentale.

D'ailleurs, dans cette région que nous envisageons, on observe toutes les variétés de roches qui permettent de passer insensiblement des granites et granulites aux micaschistes, de telle sorte que le classement agrologique des sols ainsi formés est des plus malaisés.

Toutefois, en raison de la prédominance de la silice, on peut admettre deux grandes divisions :

1° Sols *silico-argileux* provenant de la décomposition des granites et granulites ; ici, la présence du feldspath, assez abondant dans certains points, rend les terres *argileuses*, c'est-à-dire *grasses* suivant le qualificatif des agriculteurs.

2° Sols *silico-légers* sur les massifs de micaschistes ; là, le sol est léger et sablonneux par suite de sa faible teneur en feldspath qui n'apparaît qu'accidentellement ; parfois, les micaschistes sont ferrugineux et les terres rouges qui en résultent sont un peu plus fertiles que celles qui ne contiennent pas de fer. Quoiqu'il en soit, les sols *silico-légers* souffrent bien plus de la sécheresse que les sols *silico-argileux*.

Superposées à ces deux sols et formées de leurs éléments constitutifs plus ou moins enrichis de débris organiques, on trouve à la fois sur l'un et l'autre : des *terres noires*, *humifères* ou de *bruyères*, dans les landes ; des *terres tourbeuses* dans les bas-fonds.

Ces deux terres sont parfaitement bien caractérisées par leur végétation spéciale.

* *

La végétation spontanée est l'expression agrologique d'une région, comme sa topographie est le miroir fidèle de sa géologie.

Sur le Plateau de Millevaches, la végétation spontanée n'indique pas, — et nous devons nous y attendre d'après ce qui précède — une différence notable dans la composition physique, chimique et arable des sols *silico-argileux* et *silico-légers* qui sont en effet tous les deux caractérisés surtout par la présence de la silice et l'absence presque totale de phosphates et de calcaires en dehors des petits îlots présentant des granites à amphibole qui renferment un peu de chaux.

De là, partout et toujours les mêmes plantes fourragères qui composent les gazons entourant les landes et les tourbières :

De là, le hêtre, le bouleau, le chêne, que l'on rencontre isolés ou groupés en petits bois et çà et là en forêts.

Les aulnes, les saules et les frênes qui bordent les prairies et tracent les cours des ruisseaux et des rivières.

Le houx, les prunelliers, le coudrier, le cerisier et l'alisier qui entourent les champs cultivés autour des villages.

Les bruyères, le genêt poilu, le genêt à balai, les ajoncs, le génevrier, qui drapent les landes.

Les joncs, les linaigrettes, les rossolis, le trèfle d'eau, la parnassie, la renoncule langue, l'hélode, les carex, les épilobes, les sphaignes, etc., qui recouvrent les tourbières.

* *

Quant aux plantes cultivées dans les champs dont la fertilité relative est entretenue par des soins culturaux, des assolements et des fumures appropriées, les céréales tiennent le premier rang et leur répartition sur le Plateau dépend moins de la nature des sols que de l'altitude.

C'est ainsi que le seigle d'hiver, le seigle de printemps, les avoines *grosses et petites*, suivant la distinction qu'on en fait dans le pays, donnent partout de bons rendements, tandis que le blé ou froment dont la culture tend cependant à prendre une place plus grande, réussit seulement, en l'état actuel, dans la zone de 600 à 750 mètres, suivant les orientations.

Parmi les tubercules alimentaires, la pomme de terre d'espèces variées et la rave indigène viennent après les céréales tant par la quantité que par la qualité obtenues ; leur culture occupe de vastes étendues à tous les étages, alors que le topinambour, le rutabaga et même l'hélianti, dont la valeur nutritive est équivalente sinon supérieure à celle de la betterave et qui s'accommodent parfaitement des sols siliceux, restent dans le domaine expérimental, malgré les rendements culturaux qu'ils donnent sur plusieurs points du Plateau.

Le chanvre, très rémunérateur si sa production était mieux entendue, mériterait d'occuper des espaces plus étendus.

En ce qui concerne les plantes étrangères ou nuisibles aux récoltes, qui se présentent d'autant plus nombreuses et variées que la technique agricole se perfectionne davantage, nous aurons l'occasion d'en parler dans le chapitre qui suit.

V. — FLORE FOURRAGÈRE

L'exploitation agricole d'un pays est fonction directe de sa géologie, de son relief et de son climat. Ces trois facteurs, si nettement déterminés sur le Plateau de Millevaches, imposent avant tout aux exploitants la culture pastorale, autrement dit l'élevage. La constatation de ce fait agronomique nous conduit donc à faire l'inventaire des ressources fourragères actuelles et à rechercher les moyens propres à les développer en les améliorant.

Pour atteindre ce double but, nous nous sommes appliqué depuis plusieurs années à observer et à noter les plantes formant ces vastes tapis de verdure qui produisent la nourriture des animaux.

Nous avons donné, en 1909, dans cette *Revue* même (1), la florule de la *Vallée de Clairavaux* située sur le versant nord du Plateau parce qu'elle est en quelque sorte, en raison de son altitude allant de 600 à 900ᵐ, de sa constitution géologique, de son réseau hydrographique, de son orientation et surtout de son état de boiscment, comme une synthèse florale de la région montagneuse.

La liste ci-après comprend, non seulement les plantes que des recherches plus minutieuses nous ont fait découvrir dans la vallée de Clairavaux, mais encore celles que nous avons récoltées dans les cantons de Felletin, Royère, Pontarion, Bugeat, Sornac, Meymac, Ussel, La Courtine, Eygurande, Bourg-Lastic, Herment, Pontaumur, St Gervais et Crocq, au cours de nos herborisations antérieures et postérieures à la publication de notre florule et qui ne sont pas mentionnées dans cette dernière :

Anemone montana Hopp, AR.
Trollius europæus L., AC.
Helleborus fœtidus L., R.
Bunias Erucago L., R.
Cardamine impatiens L., AR.
Sisymbrium officinale L., AC.
Polygala vulgaris L., AC.
Stellaria palustris Ehrh., AC.
Dianthus Caryophyllus L., C.
Hypericum tetrapterum Fries., AC.
Genista sagittalis L., AR.
Trifolium minus Rehl, CC.
Lotus uliginosus Schk., AC.
Vicia angustifolia Reich., C.
Ornithopus perpusillus L., AC.
Potentilla Tormentilla Neck, AC.
Epilobium montanum L., C.
Circæa intermedia Ehrh., R.
Saxifraga tridactylites L., AC.
Helosciadium inundatum Koch, AR.
Pimpinella magna L., AC.

Daucus Carota L.. AC (cultures).
Eupatorium cannabinum L., AC.
Doronicum cordatum Lmk, AC.
Senecio spathulæfolius DC; AC.
Leucanthemum Parthenium GG.
(cultures), R.
Leontodon pyrenaicus Gouan, AC.
Campanula glomerata L., AC.
C. Rapunculus L., AC.
Monotropa Hypopithys L., R.
Anagallis tenella L., CC.
Veronica Beccabunga L., C; V. montana L., AC.
Scutellaria galericulata L., AR.
Chenopodium Vulvaria L., AR.
Polygonum Bistorta L.; AC.
Thesium alpinum L., AR; T. pratense Ehrh., AR.
Veratrum album L., AR.
Orchis conopea L., C.
Lemna gibba L., CC.

(1) Voir les nᵒˢ 198 et 199 de la *Revue Scientifique.*

Juncus uliginosus Meyer, AR (1).
J. lamprocarpus Ehrh., C.
Luzula multiflora L., AC.
Eriophorum latifolium Hofm., AC.
Carex pulicaris L., AC.; C. acuta L., C.
Alopecurus pratensis L., AC.; A. geniculatus L., AR.

Agrostis Spica-venti L., AR; A. alba Schrad, AC. ; A. vulgaris With, CC; A. canina L., C.
Milium effusum L., C.
Avena flavescens L., C.
Festuca heterophylla L., C.; F. pratensis Huds' AC.
Nardus stricta L., CCC.

*
* *

La liste qui précède et celle que nous avons publiée en 1909 mentionnent plus de 500 plantes herbacées offertes aux bestiaux; c'est à peu de chose près, le bilan des espèces — les feuillards exceptés — qui entrent dans cette multitude d'associations présentées par les *Bruyères* ou *landes*, et les *Pâturages* proprement dits, les *Pâturages sous bois*, les *Prés* ou *Prairies naturelles* et les *Prairies temporaires*, que nous allons examiner séparément.

1º *Bruyères ou landes*. — Elles occupent les cimes, les hauteurs et les versants non accessibles aux eaux de source ou de rivière. Dans leur ensemble, elles couvrent près des 3/5 de la superficie totale du Plateau de Millevaches, soit environ 300.000 hectares.

Leur flore se compose exclusivement de *Calluna vulgaris* qui entre pour les 3/4 dans la masse et, pour le surplus, de *Erica cinerea*, *Genista pilosa*, *Pteris aquilina* et *Ulex nanus* et *europæus* suivant les étages et la déclivité du terrain.

A l'abri de ces espèces dominantes, qui atteignent parfois un mètre et plus de hauteur, on trouve çà et là de maigres touffes de *Festuca ovina*, et, de préférence le long des chemins et des sentiers fréquentés par les animaux, d'étroites plates-bandes d'*Agrostis vulgaris*, *A. canina* et *Nardus stricta*.

Enfin la présence de la Houlque molle, quelquefois très abondante dans certains ténements de bruyère bien exposés, indique avec la dernière évidence que ces parcelles ont été abandonnées au pâturage après avoir été longtemps livrées à la culture arable à une époque peu éloignée.

Les bruyères ou landes sont généralement affectées au pacage

(1) Nous avons récolté ce jonc curieux par son aspect vivipare dans un réservoir d'eau, à Queyriaux, commune de Poussanges (Creuse). La pseudo-viviparité se produit à chaque niveau d'eau qui se maintient un certain temps.

Cette plante est décrite dans la *Flore du Centre de la France et du bassin de la Loire* par Boreau. Nous sommes redevables de sa détermination à notre maître, l'éminent botaniste frère Héribaud.

des troupeaux de petits moutons à chair délicieuse, mais qui n'atteignent jamais un état de parfait engraissement parce qu'ils sont exposés aux intempéries d'un pays sans abri et soumis à de longs et parfois pénibles parcours pour trouver leur subsistance.

Les vaches non plus ne dédaignent pas les pointes de bruyère quand elles sont tendres; mais elles n'y peuvent prendre qu'un supplément insignifiant après le passage des moutons si l'on n'a pas le soin de brûler de temps en temps les vieilles tiges pour provoquer de jeunes pousses.

2° *Pâturages*. — Les pâturages proprement dits, qui se distinguent des *Prés* en ce qu'ils ne sont jamais fauchés, comprennent, d'une part les *Pâtureaux*, propriété individuelle généralement close, et, d'autre part, les *Prades*, propriété sectionale ouverte et soumise à la jouissance collective. Dans les deux cas, les produits sont consommés sur place, en vert, par le bétail.

Les uns et les autres occupent les vallées supérieures, les vallons latéraux souvent encadrés de petits bois et toutes les dépressions où d'innombrables sources et des suintements entretiennent un état de fraîcheur qui éloigne les bruyères. Quelques-uns sont situés, comme les prés fauchables, dans les vallées et s'élèvent à mi-hauteur des versants jusqu'au niveau des sources.

Une flore commune végète dans les Pâtureaux et les Prades.

Antérieurement au partage définitif des terrains sectionnaux effectués progressivement depuis une trentaine d'années dans toute la Creuse et dans la partie montagneuse de la Corrèze incluse dans le Plateau de Millevaches, ou bien aux partages *fictifs* que l'on trouve si fréquemment dans les cantons de Bourg-Lastic, d'Herment, de Pontaumur, de St Gervais, de Montaigut et de Pionsat, il eût été bien difficile à un botaniste expérimenté de faire l'analyse florale des Prades. Les bestiaux y étaient conduits trop tôt et par tous les temps sans interruption. Les plantes étaient consommées avant leur entier développement et n'arrivaient qu'accidentellement à fleurir dans quelques coins inaccessibles. La reconnaissance des graminées était par conséquent bien difficile sinon impossible sur des échantillons incomplets et mutilés.

Il n'en est plus ainsi depuis le partage. La plupart des parcelles de Prades qui en sont issues sont devenues des pâturages d'assez bon rapport sous l'influence d'un simple réseau de rigoles d'irrigation ou d'assainissement et grâce surtout à un pacage réduit et méthodique. Ces premiers bienfaits du partage nous ont permis d'étudier scientifiquement la flore des Prades et de récolter les espèces qui figurent dans nos listes.

Le nombre et la valeur alimentaire des plantes qui entrent dans le tapis des Pâtureaux et des Prades sont fort variables suivant le degré de fraîcheur ou d'humidité du sol qui les nourrit. Voici les principales :

A. — ESPÈCES DOMINANTES

Nardus stricta;
Festuca ovina, heterophylla et duriuscula;
Agrostis vulgaris et canina;
Juncus silvaticus et conglomeratus.

B. — ESPÈCES ABONDANTES ET EN PROPORTION NOTABLE PAR ENDROITS :

Anthoxanthum odoratum;
Holcus mollis et lanatus;
Ranunculus flammula et acris;
Deschampsia cœspitosa;
Potentilla Tormentilla et repens;
Myosotis palustris;
Lotus corniculatus;
Trifolium repens;
Epilobium palustre.

C. — SUR LES ILOTS MARÉCAGEUX OU TOURBEUX

Outre :
Carex vesicaria et acuta,

Eryophorum angustifolium,
Helodes palustris,
Juncus bufonius et Glyceria fluitans,
qui sont exclusives sur certains points.
On trouve :
Carum verticillatum,
Pedicularis silvatica,
Parnassia palustris,
Drosera rotundifolia et alternifolia,
Sagnia procumbens et les Sphagnum

D. — ESPÈCES REPRÉSENTÉES PRESQUE PARTOUT MAIS N'ENTRANT DANS L'ENSEMBLE QUE POUR UNE FAIBLE PROPORTION

Briza media;
Molinia cærulea;
Danthonia decumbens;
Juncus squarrosus;
Cardamine silvatica;
Hypericum humifusum;
Stellaria uliginosa;
Anagallis tenella;
Blechnum spicant et Pteris aquilina.

Dans les cantons de Royère et surtout de Sornac, *Erica letralix* est abondante. Dans les pâturages, elle forme des touffes serrées toujours délaissées par les animaux; la répulsion qu'elle semble exercer sur les herbivores, qu'elle éloigne même des bonnes plantes fourragères telles que les festuques et quelques composées qui croissent dans ses touffes, semble provenir de ses feuilles quaternées, à bords fortement ciliés et souvent glanduleux, et peut-être, de ses fleurs roses ou blanches disposées en grappe terminale courte et penchée, qui présentent des appendices semblables.

3° *Pâturages sous bois.* — Entre les pâturages proprement dits et les prés, se placent naturellement les trop rares *pâturages sous bois* qui existent sur quelques points du Plateau de Millevaches; ils fournissent des ressources fourragères relativement importantes.

Dans ces herbages au sol drainé à l'infini et constamment main-
tenu à l'état meuble par la vie et le mouvement des racines ligneuses, la productivité et le rendement ne sont guère aléatoires ; ils ne sont pas sensiblement réduits — et, cela se conçoit
aisément — dans les années de grande chaleur ; c'est donc surtout en temps de disette fourragère qu'ils constituent de précieuses réserves pour les éleveurs privilégiés qui les ont à leur
disposition ; ils sont, en raison du bien-être qu'ils procurent aux
animaux et de l'alimentation de premier ordre qu'ils leur offrent,
les pâturages par excellence.

Dans l'ambiance forestière où elles vivent, les bonnes plantes
fourragères, les graminées telles que les Méliques, les Houlques et
les Festuques deviennent plus tendres et plus succulentes ;
là, la Canche flexueuse et les Brachypodes elles-mêmes appè-
tent les bestiaux alors qu'en terrain plus ou moins découvert elles
sont complètement délaissées dès qu'elles ont atteint un certain
degré de développement.

A vrai dire, ces pâturages se font remarquer bien plus par la
valeur des principes nutritifs et toniques de leur flore, que par la
variété des plantes qui les composent. Après l'exploitation du
taillis, une vigoureuse végétation herbacée apparaît sur le sol
superficiel riche en réserves organiques : les séneçons, la digitale,
la vipérine, les galéopes, les festuques, les pâturins, l'avoine
jaunâtre, etc., envahissent le terrain. Ces poussées sont perdues
pour le pâturage durant 5 à 6 ans. Au bout de cette période le
taillis peut être rendu au pacage sans danger pour les essences
ligneuses à la condition bien entendu de ne pas le surcharger de
bestiaux. Dès lors, sous la double influence de la dépaissance du
bétail et de la croissance du taillis, les plantes de ces premières
pousses disparaissent progressivement et sont remplacées, sur les
surfaces sèches, par la canche flexueuse et la houlque molle mêlées à la bruyère ; dans les *combes* fraîches surviennent le mélam-
pyre des bois, la mélique uniflore, quelques pâturins et les
myrtilles ; tandis que dans les parties humides s'élèvent la canche
cespiteuse, les festuques, les brachypodes, les carex et les joncs.

Ces plantes de poussées successives, de même que les premières,
n'échappent pas aux lois de l'alternance ; mais les phases de cette
alternance sont plus longues, de telle sorte qu'elles constituent le
tapis fourrager plus ou moins stationnaire de ces sortes de pâturages.

Si les myrtilles et les brachypodes occupent une des dernières
places dans le groupe des fourrages, il n'en est pas moins vrai

que les jeunes feuilles des touffes de canche flexueuse sont très recherchées par les herbivores et qu'elles font donner aux laitières un lait riche et abondant.

Pour donner une idée du rendement de ces herbages, nous citons, entre autres, les pâturages sous taillis de chêne de Louzelergue, dans le canton de La Courtine, où des tènements d'une vingtaine d'hectares suffisent à nourrir de 25 à 30 bêtes à cornes pendant la plus grande partie de la belle saison. Leur productivité est donc équivalente à celle des bonnes *montagnes* d'Auvergne.

4° *Prés* ou *prairies naturelles*. — Les prés irrigués constituent la base de la culture sur tout le Plateau de Millevaches ; ils produisent le foin et le regain qui sont les provisions d'hiver et, après leur enlèvement, la dépaissance du bétail ; ils fournissent par conséquent presque toute la matière première du fumier de ferme. A ce titre, la prairie naturelle est vraiment créatrice de fertilité : *plus on a de pré, plus on a de blé*, dit un vieux proverbe, qui gagne chaque jour en sagesse.

L'existence des prairies naturelles, comme leur situation, résultent d'ailleurs obligatoirement de la constitution géologique et de la conformation topographique du Plateau : les terres d'éboulements latéraux et les couches alluvionnaires déposées dans les vallées sont des formations trop humides ou trop froides pour être livrées à la culture annuelle ; mais elles sont, les unes et les autres, particulièrement propres à la production fourragère grâce à l'abondance des eaux portées par des ruisseaux peu profonds ou déversées par des multitudes de sources jaillissant au flanc des versants.

Des 500 espèces de plantes qui composent la flore des pâturages en général, 150 à peine se retrouvent dans les prés soumis au fauchage ; les autres en sont éliminées périodiquement par le jeu de l'alternance qui se fait sentir avec d'autant plus d'intensité qu'elles sont l'objet de soins d'entretien plus assidus et plus efficaces. Si enfin, on considère qu'une cinquantaine d'espèces printanières sont flétries avant la fauchaison, on est amené à constater qu'une centaine d'espèces seulement entrent de façon appréciable dans la composition du foin.

Le mode d'association de ces plantes varie, dans chaque pré, suivant le degré d'humidité du sol. Afin de pouvoir énoncer aussi brièvement que possible la proportion des espèces qui entrent dans ces associations, nous avons pris, à l'exemple de H. Lecoq, une série de chiffres depuis 1 jusqu'à 10 qui indiquent à peu près les rapports de quantité entre les espèces.

Quand une plante figure en telle proportion qu'on peut la noter du chiffre 10, elle est dite *espèce dominante*; plusieurs plantes d'un même pré peuvent être dans ce cas ou bien une seule.

Sont dites *espèces essentielles*, celles qui sont notées de 9 à 6 inclusivement; *espèces accessoires* celles dont la proportion se chiffre de 5 à 3 inclusivement et enfin, *espèces accidentelles* celles qui sont partout présentes, mais en proportion tellement faible qu'on ne peut les noter que des chiffres 2 ou 1.

Ces conventions très simples permettent de mettre de l'ordre dans les analyses des prés les plus compliqués et de juger ensuite leur nature par la quantité et la qualité des diverses plantes qui les composent.

Voici les résultats de nos analyses, établis et interprétés suivant les conventions adoptées.

Dans les parties hautes, plus ou moins sèches, mais arrosables (*lus nouhauds* en patois), nous avons noté :

Espèces dominantes

Holcus lanatus et H. mollis;
Agrostis vulgaris;
Poa vulgaris;
Taraxacum officinale;
Leontodon hispidus;

Espèces essentielles

Trifolium minus et T. repens;
Lotus corniculatus;
Plantago lanceolata;
Leucanthemum vulgare;
Silene inflata;
Centaurea pratensis;
Scabiosa succisa;
Knautia arvensis;
Hypericum perforatum;
Rumex Acetosella.

Espèces accessoires

Anthoxanthum odoratum;

Potentilla Tormentilla;
Galium silvestre;
Nepeta Cataria;
Ranunculus bulbosus;
Campanula rotundifolia;
Heracleum Sphondylium;
Briza media;
Cynosurus cristatus;
Phleum pratense;
Anthriscus silvestris;
Nardus stricta;
Bellis perennis;
Achillea millefolium;

Espèces accidentelles

Dactylis glomerata;
Arrhenatherum elatior;
Poa pratensis;
Festuca ovina;
Polygala vulgaris;
Doronicum austriacum;
Arnica montana.

Dans les parties basses, humides et parfois tourbeuses (en patois, *las pallas*) intercalées entre les parties hautes, nous citerons :

ESPÈCES DOMINANTES

Juncus acutiflorus et J. lampro-
carpus;
Holcus lanatus;
Agrostis canina.

ESPÈCES ESSENTIELLES

Lotus corniculatus;
Agrostis vulgaris;
Trifolium pratense et T. minus;
Poa vulgaris;
Anthoxanthum odoratum;
Luzula campestris;
Festuca heterophylla;

ESPÈCES ACCESSOIRES

Caltha palustris;
Menyanthes trifolia;
Myosotis palustris;
Ficaria ranunculoides;
Ranunculus Flammula;

Carex vesicaria;
Helodes palustris;
Juncus bufonius;
Crepis paludosa;
Pedicularis palustris;
Carum verticillatum;
Galium uliginosum et G. palustre;
Rhinanthus minor.

ESPÈCES ACCIDENTELLES

Spiræa Ulmaria;
Hydrocotyle vulgaris
Eryophorum angustifolium;
Juncus conglomeratus;
Orchis maculata et O. conopea;
Mentha silvestris;
Polygonum Bistorta;
Potamogeton natans;
Sparganium simplex;
Glyceria fluitans;
Scorzonera humilis.

L'examen superficiel de ces listes nous permet de constater qu'à part les trèfles et le lotier, les légumineuses sont absentes; la minette (*Medicago Lupulina*) existe cependant sur quelques points, mais sa taille est si minuscule qu'elle ne peut entrer en ligne de compte ni influer sur la valeur du foin; la plupart des agriculteurs prennent le petit trèfle (*Trifolium minus*) pour la minette. Les composées et les ombellifères sont également peu nombreuses. Les graminées et les joncées dominent. La flouve odorante parfume les fourrages.

Les foins produits par ces mélanges ou associations sont assez bons sur les coteaux, médiocres dans les parties basses. Dans les deux cas, ils se dessèchent facilement; mais ils perdent une grande partie de leur poids (jusqu'aux 2/3) à la dessication.

Enfin il convient d'ajouter que nos listes ne présentent pas un caractère de fixité absolue; elles sont tout simplement l'expression de l'état actuel de la flore des prés, état qui se modifie lentement de lui-même sous la seule action de l'alternance dont nous avons déjà parlé; mais dès que l'agriculteur seconde cette tendance de la nature à varier ses produits, les modifications s'opèrent pour ainsi dire à son gré et nous verrons quel profit on peut retirer de son intervention.

5e *Prairies temporaires ou artificielles*. — Sur le Plateau de Millevaches, la culture des céréales, de la pomme de terre, et surtout des plantes fourragères est manifestement en progrès.

La substitution de la charrue à l'antique *araire*, l'usage du rouleau, de la herse, la pratique du chaulage, l'emploi des engrais chimiques (phosphates, scories, nitrates), l'introduction de nouvelles méthodes culturales ont déjà donné des résultats très appréciables.

A la jachère nue (l'*éliado*, en patois) ou état de repos complet de la terre pendant un an, on a substitué presque partout, la jachère verte productive de fourrage, c'est-à-dire la *prairie temporaire*.

La jachère nue est, en effet, une pratique dangereuse dans nos terres légères et sablonneuses, en raison de la déperdition très notable des nitrates et autres principes fertilisants sous l'action lessivante des périodes pluvieuses. Elle est donc justement condamnée par nos agriculteurs qui ont appris dans les conférences faites par les savants et infatigables professeurs départementaux d'agriculture, que les légumineuses de la tribu des papilionacées n'épuisent pas le sol, mais qu'elles l'enrichissent et le fertilisent en y abandonnant l'azote récupéré dans l'atmosphère, par l'intermédiaire des nodosités de leurs racines qui sont autant de fixateurs de cet élément.

Les cultures de luzerne et de sainfoin qui ont été tentées sont restées infructueuses; nos terrains ne sont ni assez profonds, ni assez compacts pour nourrir ces précieuses légumineuses. Mais, par compensation, le trèfle commun ou trèfle rouge, qui se trouve naturellement dans les prés, se plaît également dans nos terres plus ou moins argileuses et humides, quand elles ont été préparées par de sérieux labours et amendées par le chaulage et les fumiers longs.

Le trèfle est généralement semé au printemps, avec l'avoine ou le seigle de mars. L'année du semis, le trèfle est coupé avec la récolte qui lui sert d'abri et sa présence dans la moisson rend la paille très fourrageuse si le fauchage se fait par un temps sec; la prairie ne donne pas d'autre coupe et elle ne doit pas être livrée au pâturage.

L'année suivante, l'année de récolte, elle donne deux bonnes coupes et parfois trois sur certaines terres. Les produits destinés à être consommés en vert sont fauchés au fur et à mesure des besoins et servis à l'étable. De cette manière tout danger de météorisation est absolument écarté et les rations, après la nourriture sèche d'hiver, sont un véritable régal pour les animaux ne trouvant que des aliments insuffisants dans les pâtureaux et les prades qui leur sont seuls ouverts à cette époque de l'année.

2 P.

En principe, l'agriculteur détermine donc la portion du domaine à affecter à la culture du trèfle d'après le nombre de rations qu'il a à servir du 15 mai au 15 septembre de façon à utiliser en vert tout le fourrage de sa prairie; cette portion est en général le dixième des terres labourables et le rendement moyen atteint de 5 à 6.000 kil. par hectare.

Il arrive souvent dans les années favorables, que les prévisions de rendement sont dépassées, et le fermier, pour tirer partie de toute sa récolte en trèfle, est obligé d'en soumettre une partie à la dessication. Dans cette opération, il éprouve, après la météorisation, le deuxième désagrément que nous offre cette légumineuse : ses feuilles minces et très fragiles sont flétries et desséchées aussitôt coupées, tandis que les tiges et les capitules fleuries ne perdent que très difficilement leur eau de végétation qui atteint de 75 à 80 $^o/_o$; il arrive donc que, malgré toutes les précautions prises à la fenaison, les feuilles sont absentes quand le corps de la plante est suffisamment sec pour échapper à une fermentation exagérée au fenil. Si enfin la saison est pluvieuse, comme en 1910, la masse fauchée est entièrement perdue sur place.

D'autre part, le trèfle sec produit facilement l'échauffement chez les animaux qui en reçoivent de fréquentes rations. Ce grave inconvénient peut, il est vrai, être atténué par le mélange au trèfle sec d'une moitié ou d'un quart de ration de foin et ce résultat est obtenu directement depuis quelques années par l'association du Ray-grass au Trèfle au moment du semis; la présence du Ray-grass donne de la consistance aux rations de trèfle consommées en vert ou en sec et l'association réussit très bien dans nos prairies qui ne doivent durer qu'une année.

Ces circonstances auxquelles il faut joindre les exigences de l'assolement conduisent le cultivateur à proportionner sa production en trèfle aux besoins de printemps et d'été. Mais ce qui importe d'être retenu, c'est qu'il possède désormais les moyens d'en produire à son gré et, dans les environs immédiats de Millevaches, nous avons pu voir, en juillet dernier, des prairies temporaires remarquables par la densité et la vigueur de leur trèfle.

Ces sortes de prairies, pour être vraiment productives, ne doivent être conservées qu'une année. Les deux ou trois coupes qu'elles donnent épuisent à peu près complètement les réserves potassiques mises en jeu par le calcaire; alors le trèfle se réunit en touffes plus ou moins espacées; les lacunes sont envahies par les Plantains, la Houlque molle, le Rhinanthe, la Cuscute et les Gnavelles (*Scleranthus perennis* L. et *annuus* L.), ces derniers formant gazon par endroits. L'apparition de ces plantes réduit très sensiblement la qualité et la quantité des produits de la prairie, si elle est maintenue une seconde année, sans parler de la perte d'une belle récolte de froment ou de seigle suivant les régions. Pour cette double raison il est donc avantageux de rompre la prairie en octobre, après la première année, en enfouissant la dernière coupe comme engrais vert, avec ou sans apport de fumier de ferme.

On cultive également en prairie temporaire — mais dans quelques localités seulement et sur de faibles étendues — la *Jarosse* dont la graine est vendue dans le commerce sous le nom de *Lathyrus cicera.* La faiblesse de ses tiges lui fait associer une petite quantité de seigle dont les chaumes servent de support et permettent d'éviter dans une certaine mesure la verse si préjudiciable à tous les fourrages. .Elle est coupée en pleine floraison, avant la maturité de ses graines et donnée à l'état frais, comme le trèfle, suivant les besoins de la consommation journalière; c'est une plante très productive et très recherchée des bestiaux. Mais étant annuelle, elle ne donne qu'une coupe, et c'est pour cette raison que la culture reste ainsi limitée.

Enfin, nous avons vu çà et là, dans les champs sablo-argileux et humides, de magnifiques prairies de Fromental *(Arrhenatherum elatior)* et de Timothey *(Phleum pratense),* qui produisent de très gros rendements, à raison de deux coupes par an. Les prairies ainsi formées ont, sur les trèfles et les jarosses, l'avantage de pouvoir durer 4 ou 5 années et de donner des produits faciles à dessécher. Conservées au-delà de cette période, l'enchevêtrement des racines de la Houlque molle étouffe les semis et rend très difficile et très laborieuse la rupture des prairies et la préparation des terres en vue des récoltes futures. Malgré ces derniers inconvénients, elles devraient être généralisées sauf à réduire leur durée à trois ou quatre ans.

Le seigle, l'avoine, le maïs et même l'orge sont parfois utilisés comme plantes fourragères à l'état frais. Dans le but de hâter leur végétation on leur affecte des portions de jardins, de chenevières ou les meilleures terres au voisinage des maisons; elles sont coupées au milieu du printemps et tout spécialement réservées aux laitières.

A côté des cinq principales sources de production fourragère que nous venons de décrire, se placent naturellement les *Feuillards,* vulgairement appelés *Broutes* et les *Plantes adven-*

lives aux récoltes, qui apportent les unes et les autres leur petit contingent à l'alimentation animale.

6°*Feuillards ou Broutes*.— Il y a une vingtaine d'années à peine, avant la culture des prairies temporaires, les feuilles d'arbre désséchées sur leurs rameaux contribuaient dans une assez notable proportion à la nourriture du mouton dans un grand nombre de localités. On s'adressait de préférence aux feuilles de frêne, de noisetier, de chêne, de bouleau et quelquefois à celles du saule et du peuplier.

Ces préparations si faciles à obtenir sont servies en grandes quantités aux ovins et aux bovins dans le Midi de la France, en Savoie, en Dauphiné et surtout en Allemagne et en Autriche, où cependant les fourrages proprement dits abondent.

Elles sont à peu près complètement délaissées chez nous, à cause de la pénurie de la main d'œuvre et de l'ignorance de nos éleveurs en ce qui concerne la valeur nutritive des feuilles; ils ne savent pas que le trèfle contient de 75 à 80 $^{o}/^{o}$ d'eau tandis que les feuilles n'en renferment que 13 $^{o}/^{o}$, le surplus comprenant, 15, 83 de matières azotées, 3, 31 de matières grasses, 47, 25 de matières hydrocarbonées, 6, 61 de matières minérales et 14 de cellulose.

Cette composition permet d'affirmer que l'équivalence alimentaire des feuilles d'arbres est de beaucoup supérieure à celle des meilleures plantes cultivées. Voici d'ailleurs, contrôlés par une commission nommée à cet effet, les résultats obtenus par un agriculteur, M. Frenoz, qui s'est livré à diverses recherches sur la culture et la propagation du frêne :

« 1° Les vaches auxquelles on donne des feuillards de frêne « ont un lait plus abondant et aussi blanc qu'à l'ordinaire;

« 2° Le beurre plus consistant et d'un plus beau jaune doré, « acquiert une saveur agréable, analogue à celle de la noisette;

« 3° Lorsque la nourriture avec les feuilles de frêne est exclu « sive, cette saveur, en se développant davantage, tend à un « goût fort qui toutefois ne se maintient pas à la cuisson. Du reste, « l'expérience a confirmé ce fait connu, savoir que les produits « provenant de la nourriture avec des feuilles de frêne mêlées « à d'autres fourrages sont d'une qualité supérieure à ceux de la « nourriture avec du foin seul. »

Il en est de même du fromage et tout le monde a constaté que ce produit est de premier ordre dans les régions où le frêne étant commun entre naturellement dans l'alimentation des laitières. Son goût de noisette est encore plus caractérisé que dans le beurre et il fleurit en vermillon à la maturation.

Ces témoignages et ces considérations sont des plus probants. Il est regrettable que les feuillards ne soient plus préparés en grand comme autrefois « *moins pour l'allongement du fourrage que pour friandise* » suivant l'expression d'Olivier de Serres, étant donné que les arbres ne souffrent guère de la perte de leurs rameaux feuillés à l'époque de l'année, c'est-à-dire fin août, où doit se faire la récolte.

Dans les fermes où l'on a encore recours à la Broute de frêne, les rameaux détachés des arbres sont mis à sécher par un beau jour de soleil et rassemblés en petits fagots qui sont servis aux animaux dans les intervalles des principaux repas. Une fois dépouillés de leurs feuilles, les rameaux sont employés à l'allumage des feux.

7º *Plantes adventives ou étrangères aux récoltes.* — L'humidité du climat et la fraîcheur des terres du Plateau de Millevaches impliquent l'existence des plantes adventives et sauvages dans les récoltes. Elles sont chaque année plus nombreuses et les moyens généraux tels que la pratique d'un bon assolement, les amendements calcaires, l'emploi rationnel des engrais et le déchaumage après la moisson, dont dispose l'agriculteur, sont sans doute très efficaces pour combattre dans la mesure du possible les dommages qu'elles causent. Mais, concurremment à ces moyens, il en est un autre — non préconisé par les auteurs parce qu'il est difficilement applicable en grande culture — mais qui est toujours facile dans nos petites exploitations, c'est le sarclage à la main : les plantes adventives et nuisibles sont récoltées par arrachage avant leur mâturité. Cette opération présente un double avantage : les récoltes postérieures sont préservées d'autant de la reproduction par graine des plantes étrangères et ces mêmes plantes, toujours très précoces et très vigoureuses, données à l'état frais aux animaux, constituent un appoint notable à l'alimentation au printemps où les fourrages secs sont épuisés et les herbages généralement insuffisants comme nous l'avons déjà dit.

Le cultivateur actif et la bonne ménagère qui ramassent la *brassée* d'herbes fraîches dans les récoltes pour *payer* les vaches à la traite, ainsi que cela se pratique couramment, emploient bien leur temps.

Sans doute la Cuscute, les Rhinanthes, la Nielle, les Chardons, a Bugrane des champs, les Galéopes, le Bluet, les Anthémis, les

Chénopodes et les Patiences doivent être rejetés et livrés à la litière pour diverses raisons.

Mais la Ravenelle, la Linaire striée, le Silène enflé, les Plantains, le Pissenlit, le Crépide à feuilles de pissenlit, les Séneçons les Brômes, la Houlque molle et l'Ivraie vivace sont facilement acceptées quand ils sont jeunes, et, pour peu que les *brassées* renferment de Spergule des champs, elles sont avidement acceuillies. Il ne faut pas oublier en effet, qu'en Belgique, et même en Bourgogne, où la Spergule est cultivée en grand, comme le trèfle chez nous, les vaches laitières qui en sont nourries, donnent le *beurre de Spergule*, toujours préféré à l'autre et par suite d'un prix plus élevé.

8º *Plantes inutiles ou nuisibles aux herbages.* —Les animaux qui paissent en liberté dans les pâturages laissent systématiquement de côté, à cause de l'odeur qui les imprègnent momentanément, des touffes d'herbes appelées *Rougeons*, qui végètent avec une grande vigueur autour des bouses et des petits tas de crottin que l'on a pas eu le soin d'épandre. Ces rougeons devenus durs et coriaces quand leur mauvaise odeur s'est dissipée sont perdus comme fourrage pendant une saison. Mais leur déchet n'est qu'accidentel, car les herbes tendres et abondantes qui leur succèdent sont fort bien acceptées l'année suivante.

Outre ces rougeons communs à tous les herbages, il y a les *Relais* formés par la Canche cespiteuse(1) sur des espaces plus ou moins étendus dans les pâturages humides situés dans les vallées supérieures.

Cette belle plante se développe en larges touffes au pied souvent assez épais pour s'élever au-dessus du sol et former de petites proéminences où les fourmis trouvent un abri commode quand le terrain est relativement sec. Les touffes occupées par cet insecte sont toujours négligées par les herbivores en raison de l'odeur qui s'en dégage. Les touffes indemnes produisent de nombreuses feuilles qui sont très recherchées quand elles sont jeunes, puis abandonnées dans le milieu de l'été, lorsque les tiges ont acquis une certaine dureté. Sous les pieds des animaux, l'ensemble forme alors ces épais tapis de couleur jaunâtre qui étouffent les autres plantes s'ils ne sont pas fauchés pour être jetés à la litière. Il serait donc avantageux de faucher, dès la fin de juin, les pâturages à Canche cespiteuse au lieu de les faire pâturer; on obtiendrait

(1) **Par une erreur de copie,** *Deschampsia cæspitosa* se trouve mentionnée comme A R dans notre liste, alors qu'elle est extrêmement commune.

ainsi une coupe de bon foin et la repousse ou regain donnerait un excellent pacage de fin d'été presque sans déchet.

Les Carex à feuilles roulées en gouttières et coupantes par leur nervure médiane et leurs bords, au point de blesser la bouche des bestiaux ; les Joncs, les Linaigrettes, les Iris et les Rubaniers, composés d'un étui dur recouvrant une moelle légère à vacuoles rem plies d'air, sont impropres à l'alimentation à tous leurs degrés d'évolution. Ils forment des Relais serrés et parfois très étendus dans les pâturages tourbeux et les Joncs notamment empiètent souvent sur les prés : ce sont des végétaux nuisibles, mais très difficiles à détruire en raison de leurs racines traçantes. Au lieu d'employer les engrais dont l'efficacité est bien connue pour les anéantir, on s'en tient au fauchage qui favorise la croissance de quelques plantes fourragères sur ce sol qu'ils occupent ; et cette opération est toujours à recommencer.

A côté de ces Rougeons et Relais laissés momentanément de côté ou rarement épointés, il existe dans les Pâtureaux et les Prades des groupes volumineux connus sous les noms vulgaires de *Pisse-chiens* ou *Jarrissous*, selon leurs dimensions, qui ne sont pour ainsi dire jamais broutés parce qu'ils sont formés de végétaux qui disposent pour leur protection d'armes puissantes aussi nombreuses que variées, suivant l'expression de notre ami Faideau, professeur de sciences naturelles et de technologie à Paris.

L'Ajonc d'Europe dans les bruyères ; l'Ajonc nain, dans les prades, l'Epine noire, l'Aubépine, l'Eglantier, les Ronces et le Houx, dans les pâturages buissonneux et les bois ; les Chardons des côteaux, se défendent eux-mêmes et défendent les bonnes espèces qui vivent à leur abri, au moyen de piquants et d'épines qui hérissent leurs tiges ou leurs feuilles et même ces deux organes à la fois.

Les cils simples ou glanduleux, les poils durs ou cotonneux protègent d'une façon absolue la Bruyère quaternée, les Rosolis, l'Ortie, la Viperine, la Molène Bouillon blanc.

D'autres plantes, assez nombreuses, disposent pour leur défense contre les herbivores de *moyens chimiques* non moins efficaces que les *moyens anatomiques* des précédentes. Les principes amers, âcres, poivrés, astringents ou toxiques qui imprègnent leurs tissus exercent sur les animaux domestiques une répugnance salutaire. L'ingestion, même en faible quantité de Verâtre blanc, de quelques Renoncules, de certains Rumex, de la Gentiane jaune, de l'Arnica, des Euphorbes, des Rhinanthes cause presque toujours dans l'économie animale des désordres qui, pour n'être point mortels, n'en sont pas moins très préjudiciables à la santé et au lait des laitières. Au pacage les bestiaux épointent quelquefois leurs feuilles par mégarde et sans grand inconvénient ; mais lorsqu'elles se glissent dans les prés et font par conséquent partie du foin, il arrive qu'elles sont mangées en quantités notables ; pour cette raison elles doivent être soigneusement proscrites des prairies fauchables. Elles sont d'ailleurs fort encombrantes dans les herbages en général, où elles occupent la place des bonnes espèces : la Gentiane jaune, l'Arnica et les Rhinanthes notamment, se multiplient en certains endroits à leur convenance au point d'en exclure toute autre végétation.

Sous ce rapport elles ne sont pas moins malfaisantes que *Veratum album* et *Colchicum autumnale* (1) capables de produire de véritables empoisonnements, mais qui ne se trouvent que çà et là et toujours faciles à détruire. Quant aux Renoncules, elles perdent leur âcreté à la dessication et elles ne sont consommées en vert que par inadvertance et autant qu'elles sont mélangées à d'autres espèces recherchées des bestiaux.

Des champignons appartenant aux genres Lactarius et Russula, assez communs dans la mousse des prés et des pâturages en bordure des bois, sont également très malfaisants. Bien des fois, nous avons remarqué que les vaches recherchent et mangent avec avidité le Lactaire poivré (*Lactarius piperatus*) et la Russule dorée (*Russula aurata*) à saveur âcre, ainsi que d'autres espèces. Suivant Cordier, le Lactaire poivré rendrait le lait âcre, nauséeux et moins abondant ; nous avons des raisons de penser que ces cryptogames sont seuls responsables des méfaits que les fermières attribuent si complaisamment au « Sorcier » ou au « mauvais œil ».

A la vérité, il existe bien d'autres plantes nuisibles ou tout au moins inutiles dans nos tapis fourragers, telles sont les Pédiculaires, les Menthes, les Primevères, le Trèfle d'eau, la Germandrée, la Lysimaque, les Epiaires et l'Ancolie ; mais vivant isolément ou en très petites colonies, les dommages qu'elles causent sont si peu importants que nous n'insistons pas.

Nous devons ajouter seulement quelques mots de réhabilitation en faveur du Trèfle rampant ou Petit Trèfle blanc (*Trifolium repens L.*), qui s'est fait une assez mauvaise réputation dans

(1) Nous avons observé le premier dans quelques prés du Mas-d'Artiges de Millevaches, de La Courtine, et le second sur quelques points des cantons d'Herment, de Pontaumur et de Pionsat.

ces dernières années auprès des éleveurs riverains du Camp de la Courtine. Les champs abandonnés par les populations expropriées, les *Couderls* et autres dépendances communes des villages, l'assiette des anciens chemins d'exploitation et d'une façon générale tous les lieux fréquentés il y a quelques années par les hommes et les animaux, se sont recouverts d'un épais gazon presque entièrement composé par cette excellente légumineuse sur des espaces parfois considérables. L'ingestion de cette plante — mangée avec une gourmandise bien marquée — a causé de nombreux cas de météorisation chez les moutons qui y sont généralement conduits durant la période d'occupation du camp, le matin bien avant le lever du soleil ou après cinq heures du soir, c'est-à-dire toujours à la rosée.

Ces accidents d'ailleurs rarement suivis de mort, ont valu au Petit Trèfle blanc la mauvaise réputation dont nous venons de parler.

Quoi qu'il en soit de l'ensemble de ces faits, deux conclusions intéressantes sont à retenir :

1° Que le pacage du mouton dans ces ténements doit être surveillé à l'égal de celui des bovins dans les champs de trèfle cultivé ;

2° Que cette apparition inusitée et imprévue du Trèfle rampant doit inciter les agriculteurs du Plateau de Millevaches à le cultiver en grand dans les terres hautes plus ou moins sèches où le Trèfle rouge ne donnerait que de médiocres résultats. Sa rusticité, ses racines pénétrantes, ses radicelles nées des tiges latérales lui permettant de couvrir entièrement le sol et d'y entretenir très longtemps l'humidité relative nécessaire à sa végétation.

Enfin, comme le Pâturin annuel, le Trèfle rampant semble repousser d'autant plus vite et avec d'autant plus de vigueur qu'il est brouté et piétiné plus fréquemment.

9° *Plantes fourragères connues des agriculteurs et leurs noms patois.* — Pour spécifier les plantes qu'ils étudient, les botanistes emploient des mots et des expressions que la science exige pour sa clarté; ils les désignent avec des noms latins, parce que toute personne instruite est censée connaître le latin qui fut au moyen-âge la véritable langue universelle.

Le nombre des plantes connues est très considérable et il s'accroît chaque jour par suite de nouvelles découvertes et par cette tendance — tendance bien excusable parce que toute paternelle — qui pousse les savants à donner parfois des noms différents au même végétal ou à des végétaux si voisins que leurs caractères distinctifs sont pour ainsi dire inappréciables. Le vocabulaire botanique est très riche.

Il n'en est pas de même du vocabulaire patois. L'homme des champs, laboureur ou pasteur, simpliste et plus pratique ne s'attarde pas aux distinctions contestables et aux subtilités scientifiques.

Le développement de l'instruction et la fréquentation des Conférences agricoles lui font admettre, tant au point de vue de la prononciation que de l'orthographe, les noms français des plantes récemment introduites dans ses cultures, telles que le Trèfle, le Fromental, le Maïs, le Moha, l'Orge, le Lupin, le Rutabaga, le Navet, le Topinambour, l'Hélianti.

Pour les plantes qui, par elles-mêmes ou par leurs produits, lui sont depuis un temps immémorial d'une utilité immédiate ou lui nuisent directement en contrariant ses récoltes, il conserve des noms patois plus ou moins francisés.

Il dit :

Le *Blo* ou *lo Seillo*, le seigle ;
Lo Morséscho, le seigle de mars ;
L'Oveno, l'avoine ;
Le *Blo négre*, le blé noir ou sarrasin commun ;
Las Truffas, les pommes de terre ;
Lo Rabo, la rave ;
L'Euillet, tous les Dianthus :
Las Maouvas, les Malva et quelques Rumex ;
Las Ozeillas, les Rumex à saveur acide et Oxalis acetosella ;
Los Fraiziers. — Fragaria vesca et les Potentilla ;
Los Sénéssous, les Senecio ou Séneçons ;
Los Bluets. — Centaurea Cyanus et Jasione ;
Lo Morgorilo. — Leucanthemum vulgare ;
Lo Petito Morgorilo, Bellis perennis ;
Los Chordous, les Carduus ;
Lo Chicoureïo, Cichorium Intybus ;
Los Pissenlits, Taraxacum, Leontodon, et Crepis.
L'Airier, Vaccinum Myrtillus ;
Las Brougeas, Erica et Calluna ;
Lo Gentiano, les Gentiana ;
Lo Cusculo, les Cuscuta ;
Los Aimé-moi, les Myosotis et Polygala ;
Lo Tortariero, les Rhinanthus, herbes de Tartarie ou herbes infernales ;

Las Minthas, les Mentha et Stachys ;
Le Serpoulet, les Thymus ;
Las Saugeas, les Salvia ;
Lo Béloino, Betonica officinalis et Nepeta ;
Las Etrougeas, les Urtica ;
Los Djons, les Juncus et Eriophorum ;
Las Yoguloux, les Iris, Sparganium et certains Carex ;
L'Ivraie, les Bromus des céréales ;
Las Faugiéras, les Fougères ;

Les noms essentiellement patois venant de loin, qui restent de nos jours attachés sur le Plateau de Millevaches à une ou plusieurs espèces à la fois, sont relativement peu nombreux, Nous allons citer ceux qui nous sont connus et pour rendre moins ingrate la lecture de cette nouvelle nomenclature, nous les grouperons suivant les particularités intéressantes, curieuses parfois inattendues, se réflètant dans ces expressions patoises, telles que la similitude ; la fonction ou propriété ; la couleur, la forme et la disposition des fleurs, des fruits, des graines et d'autres organes ; la saveur et l'odeur ; l'aspect ; les dimensions et la puissance des racines, etc.

Le Robiarre. — Raphanus Raphanistum, diminutif de Robo (Rave) avec laquelle il n'est pas sans ressemblance.

Las Douvas. — Les Drosera et Ranunculus flammula sont ainsi appelées parce que les bergers les accusent, à tort ou à raison, de servir de véhicule au kyste qui produit la Douve (Lo Douvo) du foie lorsqu'elles sont mangées par les moutons.

Lo Nielo. — Lychnis Githago, à graines noires.

Las Chambas de Coucu. — Digitalis purpurea, les Primula et certains Lychnis, à cause de la forme et de la couleur de leurs fleurs.

L'Orrêlo-Biaus. — Ononis campestris à racines en faisceaux gênant le labourage au point d'arrêter la charrue.

Los Pieds d'ozé. — Lotus et Ornithopus, en raison de la forme et de la disposition de leurs fruits en pattes d'oiseaux.

Lo Minello. — Trifolium minus, confondu à cause de sa ressemblance plus ou moins vague avec Medicago Lupulina ou Minette.

Los Pezelets. — Vicia et Lathyrus, à graines en forme de petits pois.

Las Cogourdas. — Heracleum Sphondylium et les Ombellifères en général, à pétioles presque membraneux, plus ou moins embrassants en forme de gourde naturelle (Lo gourdo) ;

Los Pitits Soulés. — Arnica montana et Doronicum, réduction du grand soleil cultivé dans les jardins.

L'Orméroux. — Anthemis arvensis et Cotula, à odeur forte et à saveur amère.

Las Chauschidas. — Cirsium arvense, plante fortement *chaussée* à cause de la longueur et de la résistance de ses racines.

La Clouchellas. — Les Campanula à fleurs en clochettes.

Las Violellas. — Les Vinca et Viola à fleurs violettes.

Los Fauriniaux. — Les Chenopodium à feuilles, fleurs et fruits blanchâtres et glauques paraissant saupoudrés de farine.

Las Coucudas. — Narcissus Pseudo-Narcissus à fleurs de couleur jaune.

Las Quouas de rot. — Les Phleum et Cynosurus cristatus, à panicules réunies en épis de la forme et de la dimension d'une queue de rat.

Las Pointudas. — Lolium perenne, Agropyrum repens et autres graminées à feuilles aiguës qui *pointent* dans les récoltes.

Lo Tournijo. — Holcus mollis, à racines rampantes *tournoyant* autour des pieds des céréales et les enserrant jusqu'à les étouffer.

Le Riai-gras. — Holcus lanatus et Anthoxanthum odoratum des pâturages; elles gardent ce nom par antériorité et le partagent avec le Ray-grass (Lolium italicum) associé depuis quelques années au trèfle.

Los Pios de por. — Nardus stricta, à feuilles glauques, enroulées- filiformes, raides comme des soies de porc.

Las Quouas de renard. — Equisetum arvense dont les feuilles en verticilles nombreux et serrés chez les sujets stériles, leur donnent l'apparence d'une queue de renard.

Las Quouas de chi. — Lycopodium clavatum à tiges garnies de feuilles linéaires étroitement imbriquées comme les poils sur la queue du chien.

La raison des dénominations suivantes nous échappe :

Le Schachoux. — Spergula arvensis.

Los Daves. — Les Galeopsis.

Lo Plemo-verro. — Les Potamogetons.

Los Creïssous. — Les Nasturtium, Veronica Beccabunga et Helosciadium inundatum.

Les renseignements que nous avons demandés à quelques-uns de nos compatriotes n'ont pu nous éclairer à cet égard.

En ajoutant à ce qui précède les noms patois des arbres et arbustes que donnent la Broute, savoir :

Le Fraisse. — Le Frêne.

Lo Coorre. — Le Coudrier ou noisetier.

Le Saude. — Les Saules.

Le Bessaul. — Le Bouleau.

Le Schêne. — Le chêne.

Le Peuplier, comme en français, et les suivants mentionnés dans l'ouvrage de M. Gaston Godin de Lépinay : « Noms patois et « vulgaires des plantes de la Corrèze », qui seraient usités dans la région d'Ussel ;

Lo Roucibeix, Scorzonera palustris.

Le Miouti, les Myosotis.

Le Bloou, Verbascum Thapsus.

L'Herba cin costas, Plantago major.

L'Osillou, Rumex Acetosella.

Le Blo negré sovatzé, Polygonum convolvulus.

Le Prengnolas, Erythronium Dens-canis.

Le Tranudjon, Agrostis vulgaris.

Lo Sivado, l'Avoine.

Lo Tranutzo, Agropyrum repens.

Nous aurons passé en revue les noms patois ou **vulgaires** attribués aux plantes ou groupes de plantes qui entrent dans la composition des herbages en général, seules stations que nous envisageons ; tout le surplus de cette flore, soit 400 espèces environ, se trouve compris dans l'expression collective « *Las Herbas* ».

On est frappé de la pauvreté de ce vocabulaire botanique, autant que des erreurs, confusions ou rapprochements insolites qu'il nous révèle. C'est là certainement un sérieux obstacle à l'amélioration de notre flore fourragère.

DEUXIÈME PARTIE

La restauration agricole et pastorale par le paysan
et pour le paysan.

I. — Etat agricole actuel.

Dans l'introduction de son « Traité des plantes fourragères » (1),
Henri Lecoq dit en parlant des rapports qui doivent exister
dans toute exploitation agricole entre l'étendue des prairies
et celle des terres arables :

« *Augmentez successivement l'étendue de vos prairies jusqu'à*
« *ce que leur produit puisse nourrir assez d'animaux pour fumer*
« *convenablement les terres à labourer* ».

Cet axiome, éternellement et universellement vrai, s'énonce
sur le Plateau de Millevaches d'une manière plus concise mais
non moins expressive : *Si tu veux du blé, fais du pré.*

L'état d'équilibre agricole ainsi traduit fait, une fois atteint,
rendre à la terre le maximum sous forme de fourrages, de céréales,
et de produits variés. Il est réalisé sur de vastes étendues en
France, grâce à la pratique des prairies temporaires où la constitution du sol permet la culture des Luzernes et du Sainfoin.
La fertilité proverbiale de la Limagne d'Auvergne, pour ne citer
qu'une région voisine, est entretenue bien plus par les apports
de fumier de ferme que par la nature agrologique de ses terres
ou par les dépôts des poussières volcaniques que les vents
d'ouest charrient de la chaine des Dômes jusque dans la plaine,

---

(1) LECOQ H., *Traité des plantes fourragères ou Flore des Prairies naturelles et artificielles de la France.* — Paris, H. Cousin, 1844.

poussières riches en acide phosphorique, en potasse et en chaux, dont le poids serait de 1000 kilog. à l'hectare (1).

Le Plateau de Millevaches est moins favorisé à cet égard. Dans les centaines de fermes que nous avons étudiées à ce point de vue, nous avons partout constaté que les surfaces labourées sont de deux à trois fois supérieures en étendue à celles des prés, quand c'est la proportion inverse qui devrait exister. De là, l'insuffisance du fumier de ferme et, par voie de conséquence, l'insuffisance des produits arables et tant de travail en partie perdu.

La solution du problème de restauration agricole et pastorale consiste donc à faire des prés ou plus généralement des herbages.

Faire des prés et des herbages, pour tenter d'atteindre cet état d'équilibre si désirable et si rémunérateur, est une opération facile à concevoir ; mais sa réalisation suppose d'abord, à la disposition du paysan, les terrains nécessaires et, ensuite, leur mise en valeur par la *reforestation*, et par reforestation nous entendons la culture des Bruyères ou Landes, en vue de la production simultanée du fourrage et du bois, double fin parfaitement conciliable dans nos demi-montagnes.

Or, si paradoxale que puisse paraître à première vue cette affirmation, ces terrains, en tant que propriété particulière, font dé· faut en l'état foncier actuel du plateau de Millevaches.

* *
*

Les grands propriétaires terriens, au nombre de 987 (2), disposant de ressources suffisantes pour vivre paisiblement, songent assez rarement à la reforestation qui exige quelques sacrifices présents sans donner de bénéfices immédiats. Ils songent moins encore à distraire par la vente la moindre parcelle de leurs domaines au profit des particuliers qui seraient aptes à refo-

---

(1) ALLUARD. — Note lue à l'Académie des Sciences dans la séance du 20 avril 1885.

(2) De l'enquête du mois de juillet 1908 faite par la *Direction Générale des Contributions directes*, nous avons pu déduire les chiffres ci-dessous qui représentent à peu de choses près le nombre et la répartition des exploitations agricoles sur le Plateau de Millevaches :

Très petite propriété : de moins de 1 hectare	17.398
Petite propriété : de 1 à 10 hectares	21.030
Moyenne propriété : de 10 à 40 hectares	6 215
Grande propriété : de 40 à 100 hectares et au-dessus	987
Total des exploitations	45.630

rester. De ce fait, de grandes surfaces restent inutilisées au point de vue agricole entre leurs mains.

Les moyens propriétaires, détenteurs de 10 à 40 hectares chacun, exploitent eux-mêmes la presque totalité de leurs terres sous forme de culture arable, de prairies, de pâturages et de petits bois qui leur fournissent le chauffage et la matière première indispensable à l'entretien des bâtiments d'exploitation et à la confection des instruments aratoires ; ils n'ont guère de terrains à reforester.

Quant aux petits et très petits propriétaires, en possession de moins de 10 hectares, s'ils règlent le nombre de têtes de bétail qu'il leur est possible d'entretenir suivant leurs ressouces fourragères et pastorales, ils ne peuvent régler de la même façon leurs propres besoins d'alimentation et ceux de leur famille ; ils se trouvent donc dans l'absolue nécessité d'utiliser tous leurs terrains à la culture des céréales, des tubercules alimentaires et du trèfle pour satisfaire aux lois des assolements. Malgré cette stricte utilisation la plupart d'entre eux sont réduits, non seulement à acheter du blé, mais encore le bois d'œuvre qui leur est nécessaire et à se chauffer parfois à la tourbe, parce qu'ils ne disposent d'aucune parcelle à affecter à la culture forestière.

Ce n'est donc pas à la propriété privée seule qu'il faut s'adresser pour une entreprise de restauration agricole par la reforestation; il est nécessaire de faire appel — comme on l'a fait d'ailleurs — à la propriété collective qui s'offre à nous sous la forme des biens communaux.

II. — Les Biens communaux

Que les biens communaux (bruyères et prades), qui couvrent près de 300.000 hectares sur le Plateau de Millevaches, et dont l'étendue croît avec l'altitude et l'aridité relative du sol (1), soient simplement des parcelles échappées à l'appropriation individuelle ou familiale ou — c'est le cas le plus fréquent ici — qu'ils proviennent d'anciennes concessions seigneuriales, peu nous importe pour notre thèse. Il nous suffit de constater leur existence et l'état d'abandon auquel ils sont voués de par leur nature spéciale de propriété collective.

Ils ne reçoivent aucun soin d'entretien parce que le montagnard, profondément individualiste, hésite à entreprendre un

(1) Voir la carte de France établie par le Ministère de l'Intérieur où les départements sont teintés en raison de l'importance de leurs biens communaux

travail qui lui serait utile mais qui profiterait également à autrui. Livrés au régime pastoral le plus abusif, la végétation s'est arrêtée sous la dent de la population animale qui les parcourt.

Couverts autrefois de forêts, puis de champs à céréales, faciles à remarquer sur de nombreux points, ils ne donnent plus aujourd'hui qu'une partie infime de ce qu'ils pourraient donner et se trouvent dans l'impuissance de recouvrer leur ancienne fertilité en tant que propriété collective. Biens de tout le monde ils subissent les plus facheuses déprédations de tout le monde, sans l'opposition de la part de personne, pas même des autorités communales et préfectorales. Pour ces raisons, ils sont sortis du domaine productif : « La pature sèche — disait d'Ormesson en » 1768 — se convertit en friche aride ; la prairie humide en » marais fangeux. »

* *

En parcourant notre région montagneuse, non pas en touristes à la mode, ivres de vitesse et d'espace, mais comme nous l'avons fait nous-même, en simple botaniste, cheminant à la mode de Jean-Jacques, et faisant s'arrêter partout pour voir et observer au degré de ses études et de ses caprices, on est vite convaincu que la situation lamentable signalée, il y a plus de 200 ans par d'Ormesson, loin de s'améliorer, n'a fait qu'empirer.

En voici d'ailleurs un tableau saisissant fait en décembre 1908 par M. Cardot, secrétaire de la Société des Amis des arbres à la suite d'un voyage d'études sous le titre : *Les déserts de la France et le plateau de Millevaches* (1).

« L'exercice libre du pâturage sur les terrains déboisés et de-
» venus en fait, puis en droit, propriété communale, rendait im-
» possible les cultures de la végétation forestière. Ce pâturage
» offrit pendant de longues années des ressources fourragères
» assez importantes aux propriétaires riverains. Grâce aux provi-
» sions d'humus accumulées pendant des siècles par la végétation
» forestière, grâce aux abris et aux ombrages que donnaient encore
» çà et là les bois clairières, le sol put fournir pendant longtemps
» aux troupeaux les plantes herbacées qu'ils recherchent. Mais ces
» provisions d'humus s'épuisèrent peu à peu. Les derniers bou-
» quets de bois disparurent. Les bonnes plantes, les légumineuses,
» les herbes tendres qui exigent de l'humus, de la fraîcheur, dispa-
» rurent d'abord pour faire place aux graminées plus grossières

(1) La *Science pour Tous,* décembre 1908 et janvier 1909.

» Celles-ci, sur un sol de plus en plus desséché, stérilisé, appauvri,
» perdirent pied à leur tour devant l'invasion des bruyères. Cette
» transformation facilitée par les troupeaux eux-mêmes qui s'at-
» tachent toujours à brouter les meilleures plantes, contribuèrent
» à leur disparition progressive. Ainsi advint-il de nos pâturages
» livrés à l'exploitation libre, cette exploitation primitive du sol
» qui consiste uniquement à promener le troupeau à travers les
» herbages spontanés sans prendre le soin de les entretenir et
» d'assurer leur conservation ou l'amélioration de la flore four-
» ragère. Cette forme d'exploitation qui, appliquée à tant de
» régions de la terre, aux montagnes de l'Asie Mineure, de la
» Judée, comme à celles de la Grèce, aux plateaux de l'Inde
» comme à ceux de la péninsule Ibérique, aux plaines fer-
» tiles de la Mésopotamie, comme à celles du Turkestan,
» en a causé partout la ruine. C'est elle qui a produit en France
» ces landes désertiques du Plateau Central et de son prolonge-
» ment au N. O., le Plateau de Millevaches, »

Cette description est bien noire ; elle n'est cependant pas au-
dessous de la réalité ; tous ceux qui connaissent le Plateau de
Millevaches en conviendront aisément.

* *

Des 300.000 hectares de biens communaux que nous envisa-
gerons, 30,000 environ sont reboisés et soumis au régime forestier.
Ils sont donc entre les meilleures mains et les améliorations dont
ils sont susceptibles s'opèrent chaque jour. Dans ce qui va suivre, nous ne ferons pas état de ces derniers ; néanmoins, à l'appui
de notre thèse, il nous paraît utile d'indiquer rapidement l'origine de ces parcelles du domaine communal soumises au régime
forestier.

Ces parcelles ont été livrées à l'administration des Eaux et
Forêts à cause de leur éloignement du centre de résidence des
ayants droit, éloignement qui, dans les pays montagneux, en
rendait la jouissance très difficile sinon impossible à la section
propriétaire, mais qui favorisait singulièrement cette même jouissance au profit de la section plus voisine. Par suite de cette circons-
tance cadastrale, cette dernière section en était devenue en fait,
quoique sans aucun droit, la véritable usufruitière. En solli-
citant l'application du régime forestier, la section propriétaire élevait une barrière protectrice contre les empiètements
de sa rivale et s'assurait les produits des éclaircies et des

aménagements de ces terrains reboisés qui ne lui rapportaient rien antérieurement.

Telle est l'origine commune de ces nombreuses et étroites bandes forestières que l'on voit aux confins des biens communaux de deux sections contiguës.

* *

Mais ces raisons qui ont déterminé les collectivités propriétaires à solliciter le régime forestier pour les parcelles dont il vient d'être question, ne s'appliquent plus aux fonds communaux restant encore à l'état de propriété indivise. Ces collectivités se garderont bien dès lors d'en céder à l'avenir les moindres lambeaux à l'administration des Forêts, et toute atteinte de sa part, en exécution de la loi du 4 avril 1882, serait considérée comme une véritable spoliation.

Il faut reconnaître aussi, en toute justice, que l'emploi exclusif des conifères dans une région où la végétation forestière spontanée indique la culture d'espèces feuillues (Chêne, Hêtre, Frêne, Bouleau, Chataignier même), a suscité des critiques qui paraissent fondées, parce que les conifères cultivés en forêt s'opposent plus que tout autre essence à la reconstitution du gazon et des herbages qui forment les délicieux pâturages sous bois. En langage de paysan, *les résineux brûlent le pays*. Cette croyance du paysan a permis, à de bons esprits, de craindre que les incendies forestiers pourraient bien s'allumer en certains coins de montagne dans un but de purification du sol.

Ceux qui connaissent les raisons qui font donner la préférence aux résineux dans les reboisements en montagne sont moins sévères à l'égard de l'administration des Forêts, assez nombreux sont en effet les propriétaires qui, le long des lignes de chemin de fer notamment, ont fait appel aux conifères pour leurs reboisements particuliers ; mais beaucoup d'entre eux ont également fait appel au chêne et même au hêtre, et les chênaies qui ont été créées près des pineraies forestières ont provoqué des réflexions qui ne sont pas toujours à l'avantage de ces dernières, leurs voisines toujours vertes.

D'autre part, il faut avouer que l'application du régime forestier conformément à l'article 90 du Code et à l'article 128 de l'Ordonnance règlementaire du 1er août 1827 a causé des surprises et des déceptions. Bon nombre de ceux qui, d'accord avec leur co-propriétaires, ont sollicité la soumission au régime forestier des 30,000 hectares reboisés, croyaient en toute sincérité qu'une fois la forêt exploitée, les fonds améliorés et enrichis feraient retour à leurs premiers propriétaires. Sans doute, ce qu'un décret a fait, un autre décret peut le défaire. Mais le décret de distraction devant être rendu dans la même forme que le décret de soumission, et à la double condition de prouver que les fonds sont devenus indispensables à l'exploitation agricole et que la substitution d'une autre culture donnerait un revenu supérieur à la culture forestière, les demandeurs doivent se résigner à la nationalisation pure et simple de leurs terrains. Cette résignation ne va pas sans quelques regrets et les paysans les expriment en disant : « *l'État prend toujours; mais il ne rend jamais* » et leur domaine pastoral reste diminué d'autant.

En signalant cette réduction du domaine pastoral et par suite la diminution du bétail d'une région sous prétexte de reforestation, M. J. Reynard, conservateur des Eaux et Forêts en retraite, s'exprime ainsi, dans un très intéressant rapport sur la question sylvico-pastorale dans le département du Puy-de-Dôme (1) :

» Il importe au contraire, d'améliorer et de restaurer en même
» temps qu'on entreprendra le reboisement de certaines parties
» de manière à augmenter encore les troupeaux de la montagne
» toutes les fois que cela sera possible.

» C'est en perdant de vue cette recommandation importante
» que le service forestier s'est tout d'abord aliéné l'esprit de
» nos populations montagnardes. Il a sans doute depuis long-
» temps modifié ce faux point de vue, mais comme les ressources
» budgétaires lui font actuellement défaut pour appliquer les
» vrais principes sylvico-pastoraux, l'horreur du régime forestier
» a encore bien peu diminué parmi les montagnards. »

C'est ainsi que les propositions de M. l'inspecteur des Eaux et Forêts du 21e arrondissement tendant à soumettre au régime forestier les forêts sectionales suivantes appartenant au canton de la Courtine :

Planchat, commune	de St-Oradoux-de-Chirouze ;	
Mottes,	—	—
Foulemont,	—	de Beissat ;
Bécharias,	—	de St-Martial-le-Vieux ;
Chez-Legros,	—	—
Haute-Besse,	—	de St-Merd-la Brouille ;

1) Association Française pour l'avancement des Sciences, 37ᵉ Section.

ont été rejetées par les assemblées municipales intéressées, sauf en ce qui concerne celle de la Haute-Besse qui a obtenu un avis favorable (1).

*
* *

En présence de l'impuissance de l'Etat et des communes à porter remède à cette situation, par manque de ressources, la non apparition dans la région du service des améliorations pastorales empêché pour la même raison, et enfin l'aversion du régime forestier, ont amené certains économistes à proposer, pour la préservation de la propriété forestière et pastorale des communes, le partage du revenu en argent.

» Or — écrit M Vanwtberghe, inspecteur-adjoint des Eaux » et Forêts à Guéret, — avec le partage en argent du revenu de » ce genre de propriété, la cause peut-être essentielle qui fait » obstacle à son progrès et qui pousse à l'aliénation, disparaît. » Et on peut en attendre, ou tout au moins en espérer la rénova-» tion d'une nature de bien qui en somme ne gêne personne et qui » présente ses avantages sociaux. »

M. Vanwtberghe oublie seulement que pour partager en argent ce revenu, il faut d'abord produire ce revenu et c'est là tout le problème.

Toutes ces considérations négatives, si on peut dire ainsi, conduisent naturellement à recourir, sans le concours effectif des organisations officielles, au seul moyen pratique, et depuis longtemps pratiqué du reste, pour mettre en valeur les 270,000 hectares de bruyères et landes qui donnent à peine un revenu annuel moyen de 3 fr l'un en leur état actuel et, cependant, ce revenu pourrait être au moins décuplé, car, nous l'avons déjà rappelé, au témoignage de M. J.-B. Martin, ingénieur agronome, aucune condition climatérique ou agrologique ne s'oppose à leur mise en culture sous une forme ou sous une autre.

Eh bien ! quelle que soit l'opinion de chacun sur le régime futur de la propriété en France, ce moyen pratique réside, sur le Plateau de Millevaches, dans le partage et la vente, à titre onéreux, au profit des sectionnaires qui en ont déjà la jouissance indivise. Seule, cette opération foncière permet d'atteindre l'état d'équilibre agricole que nous avons en vue.

(1) Rapport du Préfet au Conseil Général de la Creuse, session d'août 1910.

III. — Le partage et la vente des biens communaux

L'idée du partage est d'ailleurs fort ancienne. En présence des résultats négatifs produits par les arrêts, les édits et les règlements intervenus avant la Révolution, et tendant à la mise en valeur et à l'amélioration de la jouissance des biens communaux, le principe de l'indivisibilité — tout en respectant le principe de l'inaliénabilité — fut tempéré, et, dès le XIVe siècle, on voit quelques partages de jouissance autorisés; mais avec quelle timidité! C'était néanmoins une première atteinte à leur intégrité (1).

A partir de 1789, un régime nouveau dirige les destinées de la France; un changement complet se produit dans l'attitude du pouvoir vis-à-vis de la propriété en général et des biens communaux en particulier; une série de lois vient transformer la législation antérieure.

La loi du 4 août 1789 prononce l'abolition pure et simple des droits féodaux. La loi du 1-20 avril 1791 supprime le droit d'appropriation des terres vaines et vagues au profit des seigneurs. Enfin la loi du 14 août 1792 ordonne le partage immédiat des biens communaux entre les citoyens de chaque commune pour ceux-ci *en jouir en toute propriété*, dans les conditions fixées par le décret des 10-11 juin 1793.

L'esprit de routine et l'ignorance des paysans d'une part et, d'autre part, l'opposition des grands propriétaires qui avaient de nombreux troupeaux à faire pâturer et qui seuls avaient les moyens de parler et d'écrire pour faire entendre leurs doléances, firent obstacle à l'application générale de cette loi. Enfin, les quelques partages qui furent faits sous son empire, d'après les principes d'une inégalité choquante, provoquèrent des réclamations et des procès qui amenèrent les législateurs à élaborer la loi du 20 prairial an IV qui suspendit provisoirement l'exécution de la loi du 14 août 1792. Bientôt après, celle du 2 prairial an V, tout en maintenant les aliénations consommées, interdit pour l'avenir la vente des biens communaux. Cette dernière loi est encore en vigueur, de telle sorte qu'à l'heure actuelle la question

(1) E. VIGIER, *Du partage des biens communaux*, thèse inaugurale. Paris, 1909.

du partage n'est plus autorisée, ni réglementée par aucun texte législatif.

* *

Néanmoins, les biens communaux ne sont pas intangibles En vertu des Projets et des Vœux déposés sous la Restauration, la Monarchie de Juillet et le Second Empire, le partage de *propriété*. à titre onéreux, peut être autorisé par les Conseils généraux.

Grâce à cette tolérance administrative, de nombreux partages de propriété ont été effectués depuis 1860 sur divers points de la France et notamment dans les Landes, la Creuse, la Corrèze, la Haute-Vienne, etc. Ces partages se poursuivent tous les jours, mais avec une lenteur regrettable en raison des avantages et des bienfaits qu'ils procurent et dont nous parlerons plus loin.

L'exécution du partage soulève bien parfois quelques difficultés. Les plus fréquentes résultent de l'application du plan cadastral qui fourmille d'erreurs et qui règle si mal l'assiette de la propriété. Mais ces difficultés inévitables et qui devaient se produire un jour ou l'autre, ne sont qu'à demi-fâcheuses. Elles ont contribué, dans une large mesure à la nomination de la commission extra-parlementaire qui, après avoir siégé et travaillé consciencieusement pendant 14 ans (du 10 juin 1881 au 11 mars 1905), a conclu à la revision ou plutôt au renouvellement de notre terrier national.

Ces difficultés, indépendantes d'ailleurs de l'opération du partage en lui-même, comme celles relatives à la fixation du nombre des co-partageants, sont le plus souvent réglées sur place ou par les Conseils de préfecture, et, rares, à notre connaissance, sont les procès qui ont motivé l'intervention du Conseil d'Etat, lorsque la vente et l'aliénation sont faites d'après les règles suivantes, susceptibles du reste de variantes suivant les natures d'exploitation et les habitudes locales :

1º Le partage a lieu à titre onéreux (c'est la condition préalable pour obtenir l'autorisation préfectorale);

2º Le nombre des co-partageants, fixé par feu, est déterminé par le Conseil municipal;

3º De petites parcelles désignées par les co-partageants sont maintenues indivises pour les servitudes et les aisances des sections;

4º Les parts sont faites équivalentes en valeur, mais non égales en surface;

· · 5º Un lot de pâture et un lot de lande ou de bruyère sont mé nagés à chaque co-partageant dans tous les grands tènements communaux;

6ºLes parcelles usurpées avant le partage sont laissées à leurs détenteurs et inscrites dans la vente moyennant un prix d'estimation égal à celui des terrains compris dans l'ensemble du partage;

7º Le bornage est fait par l'expert désigné par le Préfet, avec le concours des intéressés, avant le tirage au sort des lots;

8º Les lots sont tirés au sort;

9º Le montant des lots, toujours égal, échéant à chaque copartageant, est fixé par l'expert et versé dans la caisse communal au crédit de la section pour être ensuite affecté à des travaux d'utilité sectionale et par suite communale.

10º Le procès-verbal de partage règle le régime des eaux et établit les chemins nécessaires pour la jouissance des lots et des propriétés riveraines.

*
* *

ᵗ L'acquittement par portions égales et par feu de la contribution foncière des biens communaux implique, en toute équité, le partage suivant l'égalité des parts, sans distinction de *pauvres* ou de *riches*. Sans doute, le riche, en l'espèce le grand propriétaire, voit son domaine foncier augmenté. Mais, comme il n'entre que pour unité dans le partage, le lot qui lui revient ne constitue qu'une faible partie de l'ensemble des communaux en comparaison de celles qui vont aux simples journaliers, aux très petits, aux petits et aux moyens propriétaires.

En effet, d'après l'enquête du mois de juillet 1908, faite par la Direction générale des contributions directes du Ministère des finances, nous avons pu connaître approximativement, pour le Plateau de Millevaches, le nombre total des exploitations agricoles qui se répartissent ainsi :

Très petite propriété, de moins de 1 hectare : 17.398
Petite propriété de 1 à 10 hectares 21.030
Moyenne propriété, de 10 à 40 hect................ 6.215
Grande propriété de 40 à 100 hect. et au-dessus..... 987

Total des exploitations..... 45.630

En admettant que les simples journaliers, en possession d'une maisonnette avec ou sans jardin, soient bien tous compris dans le chiffre de la très petite propriété, on voit que 17.398 + 21.030

+ 6.215 = 44.643 lots iront aux très petits, petits et moyens propriétaires (car les exploitants de 10 à 40 hect. ne sont pas riches en montagne) tandis que les grands propriétaires n'en obtiendront que 987.

Un simple calcul montre que plus de 45 lots seront attribués aux premiers contre 1 aux seconds. Sur 270.000 hect. environ, partagés ou à partager, la très petite et la moyenne propriété recevraient donc :

$$\frac{45 \times 270.000}{46} = 264.130 \text{ hectares};$$

il ne resterait à la grande propriété que :

$$\frac{270.000}{46} = 5.870 \text{ hectares, en chiffres ronds.}$$

Cette opération est donc des plus démocratiques.

***

On objecte que le partage ainsi effectué, en laissant aux co-partageants la faculté de jouir en toute propriété, c'est-à-dire sans obligation d'aucune sorte, permet aux acquéreurs de se dispenser de toute amélioration et de toute reforestation. Cette dispense a été assez rare dans les partages effectués ; mais elle s'est produite, notamment dans la petite propriété où l'émigration ne laisse à la maison que les enfants, les femmes et les vieillards qui suffisent péniblement aux travaux ordinaires.

Pour remédier d'une façon absolue à cette fâcheuse dispense, il suffirait de rendre obligatoire, après l'aliénation, les travaux facultatifs prévus par la loi du 4 avril 1882 en insérant dans l'autorisation de partage et l'acte de vente une clause imposant aux demandeurs la charge de reboiser, ou tout au moins de transformer en pâturages sous bois, la moitié ou les 2/3 de l'ensemble de leurs lots ou une surface équivalente prélevée à leur choix, soit sur les terrains neufs, soit sur les terrains anciens leur appartenant. En cas de non exécution des travaux désirables, les terrains issus du partage seraient de plein droit, après un délai déterminé, mis en adjudication publique ou reboisés par l'administration et soumis au régime forestier, sans aucune indemnité à payer dans l'un ou l'autre cas aux propriétaires qui se verraient déposséder par leur faute et ces derniers seraient mal venus de parler de spoliation.

La législation fédérale suisse consacre d'ailleurs cette obligation. En cas de refus de procéder aux travaux prescrits, l'autorité cantonale en ordonne l'exécution aux frais des propriétaires. Ce qui rend la loi suisse essentiellement économique, c'est qu'au contraire de notre législation, elle n'a recours à la *nationalisation* du sol qu'à la dernière extrémité, et dans ce pays les conditions géographiques ne sont pas sans analogie avec celles de nos montagnes du Massif Central.

Sans l'intervention d'une loi nouvelle, la charge dont il s'agit nous paraît donc pouvoir être insérée dans l'autorisation de partage en vertu des Projets de 1868 qui, en fait, ont donné au Conseil général un pouvoir souverain pour régler toutes les questions relatives aux biens communaux.

Le Préfet de la Creuse l'a fort bien compris. Dès son arrivée dans le département, il a envisagé la situation à cet égard avec une hauteur de vue qui lui fait le plus grand honneur. Il a d'abord fait établir le relevé des biens communaux et sectionaux qui ne sont pas encore vendus dans le sud du département; ce relevé a donné les chiffres suivants pour les cantons qui appartiennent en tout ou en partie au Plateau de Millevaches :

Canton de Royère	3.612 h.	69 a.	00 c.
— Gentioux	2.905	90	43
— La Courtine	2.691	12	07
— Felletin.......................	1.829	40	30
— Crocq	1.619	30	62
— Bourganeuf	1.479	46	19

TOTAL.. 14.137 h. 88 a. 61 c.

En possession de ces renseignements, il a prié les municipalités intéressées de lui faire connaître si elles consentiraient à boiser une partie de leurs biens sectionaux aux conditions suivantes : les plantations seraient faites dans les parties communes reconnues impropres à la culture par les *soins des sectionnaires*, qui recevraient une double indemnité : 1º celle occasionnée par les travaux de plantation et cela dans la plus large mesure; 2º l'autre représentative de la valeur des terrains plantés. Et, opération plus difficile, M. le Préfet a su se procurer les ressources nécessaires pour faire face aux indemnités promises.

Enfin, l'autorisation de partage des parties de biens sectionaux reconnus propres à la culture est immédiatement donnée après expertise et avis du Professeur départemental d'agriculture et de l'Inspecteur des Eaux et Forêts.

La vente des biens nationaux ainsi entendue et limitée est encore de nature à donner parfaitement satisfaction aux intéressés.

« Il est inutile — dit le Préfet de la Creuse (1) — de faire res-
» sortir les avantages que nous consentons aux communes, com-
» me aussi ceux qu'elles en retireraient. Mais il importe que toutes
» les personnes qui s'intéressent au boisement, tout en incitant
» les communes et les sections à accepter nos propositions, leur
» fassent connaître aussi, que, du chef de la plantation d'une
» partie de leurs communaux, l'élevage du mouton n'y perdra
» rien ; bien loin de là ce ne sont pas de grands espaces secs et
» sans herbe, d'un parcours difficile, qu'il faut aux ovins, mais
» de l'herbe ; or la forêt et l'eau peuvent seules en donner. »

Ces proposition sont des plus engageantes en ce sens qu'elles concilient les intérêts généraux du pays et les intérêts particuliers. Sans nul doute l'éloquent appel de M. le Préfet de la Creuse sera entendu et son exemple sera suivi, nous l'espérons, par ses collègues de la Corrèze, de la Haute-Vienne et du Puy-de-Dôme, en ce qui concerne le Plateau de Millevaches.

IV. — Les résultats agricoles et pastoraux du partage.

Cette opération foncière, si simple et si équitable, a produit les résultats les plus heureux partout où elle a été effectuée.

Des chemins larges et commodes, prélevés avant le partage, et qu'on n'aurait jamais songé à ouvrir en l'état d'indivision, assurent la libre exploitation des parcelles et favorisent les relations avec les localités voisines.

⁎

Les parties humides et marécageuses, moyennant quelques travaux d'amélioration, se transforment chaque jour en pâturages productifs et quelquefois en prés fauchables ; les prés anciens n'ont pas d'autre origine en montagne.

C'est en effet à la restauration des Prades, devenues Pâtureaux, que s'appliquent tout d'abord, et nous avons dit pourquoi, les premiers efforts des acquéreurs.

Des fosses de séparation, avec tertres plantés d'arbres ont été

(1) Rapport du Préfet au Conseil général, session d'avril 1809.

établis le long des parcelles ; ces plantations isolées ont fait réapparaître l'arbre dans ces déserts et constituent une sorte de boisement rudimentaire ; en peu d'années, elles ont engendré des haies vives qui donnent des abris contre les intempéries et de l'ombre contre les ardeurs du soleil. En possession de piquets naturels pour se gratter, les animaux sont moins enclins, dès que l'un d'eux est taonné, à se livrer à ces courses désordonnées qui occasionnent des accidents fréquents et d'actives dégradations rendant les pelouses au 2/3 improductives sur certains points. Ces haies enfin, en s'opposant à la fusion des troupeaux d'une même section ou des sections voisines, entravent la propagation des maladies contagieuses et facilitent singulièrement les services départementaux des épizooties réorganisés par la loi de janvier 1909.

Nous avons donné dans la première partie de ce travail les résultats de l'analyse florale que nous avons faite de ces herbages ; ils sont des plus satisfaisants.

L'eau des sources, portée par les rigoles d'irrigation sur les versants, en a chassé les bruyères et le gazon s'est étendu d'autant ; les rases d'assainissement ont réduit l'aire tourbeuse ; l'épandage des terres de nivellement et surtout la pratique d'un pâturage méthodique ont permis à la végétation de prendre une vigueur et une densité parfois surprenantes. Le tapis végétal, qui renferme près de 500 plantes, s'est enrichi en individus : l'Avoine élevée, la Crételle et certains Trèfles, dont l'existence ne s'était jamais manifestée en temps de propriété collective, se trouvent désormais dans quelques parcelles qui ont été, pour une raison ou pour une autre, pendant plusieurs années consécutives, exemptes du pâturage et du fauchage jusqu'à la fin du mois d'août. En agissant ainsi, au détriment de leurs intérêts immédiats, mais soucieux de l'avenir, les propriétaires ont laissé à la végétation la possibilité de se régénérer. Il est acquis dès maintenant que ces nouveaux herbages seront équivalents aux prés par la qualité et le rendement de leurs produits.

Nous suivons en ce moment, avec le plus vif intérêt, la création d'une prairie modèle sur un terrain silico-argileux provenant d'un partage effectué en 1904. Une portion de ce tènement, composée d'une zône humide, d'une zône fraîche et d'une zône sèche mais arrosable, a été mise en culture depuis cinq ans. Préparées par des labours et des herbages préliminaires, et fertilisées en premier lieu au fumier de ferme et au phosphate, les zônes fraîche et sèche ont produit, en 1907 et 1908, deux bonnes récoltes de seigle et une belle récolte de pommes de terre en 1909 à la suite d'un chaulage léger additionné copieusement de fumier de ferme. Au printemps de 1910, sous une récolte claire d'avoine, il a été procédé au semis de la prairie au moyen de graminées et de trèfles qui ne seront fauchés qu'en 1912, dans la première quinzaine de septembre et après battage des hampes à la gaule de façon à répandre sur le sol les graines mûres en vue d'obtenir un gazon bien garni dans l'avenir. Dans quelques années, la lande reboisée qui couronne les hauteurs environnantes engendrera des sources qui jailliront à mi-côte et permettront d'étendre progressivement la prairie.

L'agriculteur qui a su prendre de telles dispositions peut en attendre les plus belles espérances et son intelligente initiative trouvera des imitateurs. Nous aurons d'ailleurs l'occasion d'en faire connaître les résultats.

*
* *

Les plateaux et les versants convenablement exposés, convertis en champs labourables, produisent d'abondantes céréales exemptes des mauvaises herbes de plus en plus envahissantes dans les terres anciennes soumises à une culture intensive parfois exagérée. Qui sait si ces champs nouveaux, qui furent d'ailleurs les champs des premiers agriculteurs, ne sont pas appelés à devenir d'indispensables exploitations dans un avenir plus rapproché qu'on ne saurait le prévoir, lorsque la carie des betteraves, la rouille des blés, le charbon de l'avoine et les maladies de la pomme de terre exigeront, pendant de longues années, la culture fourragère dans les champs des grandes régions agricoles épuisées par la production intensive ? En tous cas leur appoint serait des plus importants et des plus précieux.

Nous avons vu notamment, en juillet dernier, sur un défrichement pratiqué au cours de l'hiver 1907-08, près du tunnel du Gaudeix, à 860m d'altitude, un seigle clairiéré dont les chaumes de 2m50 de hauteur étaient couronnés d'épis atteignant 12 cent. de longueur en moyenne.

L'auteur de ce défrichement, M. Florand, agriculteur aussi expérimenté qu'entreprenant, a bien voulu faire pour nous le décompte des produits de sa récolte et des dépenses effectuées, à l'hectare

Produits de la récolte :

80 doubles décalitres, à 2 fr. 50 l'un..........	200	»	
300 bottes de paille, de 7 kil. l'une, soit 2.100			284 »
kil. à 4 fr. les 100 kil...................	84	»	

Dépenses engagées :

4 journées de laboureur (1 labour et 2 her-			
sages), à 8 fr. l'une	32	»	
Engrais (phosphate).......................	50	»	
10 d. d. de semence à 2,50 l'un	25	»	158 »
6 journées de moissonneur, à 6 fr. l'une.......	36	»	
Battages, à raison de 150 fr. pour 3,000 gerbes			
par jour................................	15	»	

Bénéfice net.......... 126 »

Le placement de 158 fr. par l'intermédiare d'un hectare de défrichement, dans les conditions indiquées, a donc produit 126 fr., c'est-à-dire un revenu dont le taux est de près de 80 °/o en chiffre rond, et la récolte précédente, composée d'une avoine, avait à peu près payé ses frais.

Dans le décompte, il n'a pas été fait état, il est vrai, du capital-travail engagé pour la mise en valeur ; mais c'est à dessein, parce que le défrichement dont il s'agit a été exécuté en hiver, c'est-à-dire *en temps perdu*, par les hommes et les attelages de la ferme.

Voilà, entre mille exemples analogues que nous pourrions citer, une éclatante confirmation de l'opinion de M. J.-B. Martin que nous avons déjà invoquée à deux reprises. Le revenu annuel d'un hectare de terrain, certainement inférieur à 3 fr. à l'état de bruyère, a donc été porté en moins de 4 ans au chiffre de 126 sur un défrichement rendu possible par le partage. Il serait superflu d'insister sur un tel résultat. .

*
* *

M. Cardot, dont l'autorité est grande en la matière, a constaté lui-même les avantages et les bienfaits agricoles du partage dans une région cependant bien déshéritée naguère. Voici en quels termes il rendait compte de ses observations dans la séance du vendredi 21 juin 1907, au premier congrès de l'Arbre et l'Eau tenu à Limoges.

« J'ai pu voir par moi-même les beaux résultats de ce partage » dans les environs immédiats du bourg de La Courtine. La plu-

» part des lots ainsi appropriés avaient été entourés d'un fossé et
» d'une banquette de terre plantée de jeunes arbres, et quelques-
» uns bien irrigués et fumés présentaient déjà l'aspect de belles
» prairies. Je crois bien d'une façon générale que ces partages
» donnent presque toujours d'excellents résultats quand ils s'ap-
» pliquent à des terrains peu éloignés des villages et où les acqué-
» reurs peuvent leur assurer assez facilement les soins et les fu-
» mures nécessaires. Mais, en est-il de même pour les *terres à*
» *culture* et les *terres à bois* un peu éloignées des habitations ?
» En ce qui concerne les premières, le défrichement est très oné-
» reux. Pour éviter les frais ou difficultés de transport des en-
» grais, on se contente le plus souvent d'écobuer la bruyère, de
» mettre en tas les mottes, de les brûler et d'en épandre les cen-
» dres, puis d'y semer du seigle et l'année suivante de l'avoine.
» Après ces deux récoltes, qui payent à peu près les frais de cul-
» ture, on abandonne le terrain à lui-même et celui-ci ne tarde
» pas à se recouvrir complètement de genêt à balais et ensuite
» de bruyère. Pour les *terres à bois*, l'acquéreur ne dispose pas
» toujours de l'argent et de la main d'œuvre nécessaires à la plan-
» tation. Il peut, il est vrai, revendre son lot à un voisin plus
» fortuné ; mais le plus souvent il le laisse à l'état de lande pâtu-
» rée et les difficultés d'assurer la surveillance des petites parcel-
» les boisées au milieu d'autres livrées au parcours empêchent
» les acquéreurs aisés de donner suite à leur projet de reboisement.
» Forêts et pâturages s'accommodent mal, d'ailleurs, de parcelles
» de faible étendue. Ils ont besoin d'espace pour prospérer et
» donner, avec les frais de surveillance ou de garderie qu'ils né-
» cessitent, des résultats avantageux. »

M. Cardot, directeur du service des améliorations pastorales,
fait d'abord des constatations tout à fait favorables, puis ce même
M. Cardot, en bon forestier, fait ensuite des réserves. Nous allons essayer de lever ces réserves.

Le partage dont il s'agit a été fait en 1878 à l'instigation de
M. Monglond, François, maire de La Courtine et propriétaire
lui-même. La totalité des biens communaux de ce chef lieu de
canton, qui comptait 92 feux, se composait de 10 hectares 12
de pâtures, et de 174 hect. 80 de landes ou bruyères. Chaque co-
partageant a obtenu un lot de pâture, soit 0 hect. 11 et 2 lots
de bruyères ou lande mesurant ensemble 1 hect. 90. Dans ce cas
particulier, l'exiguïté des lots est incontestable, en raison du
nombre élevé des ayants-droit. Mais cette exiguïté interdit au

capital de labourer et de faucher à la vapeur comme dans le Borde-
lais ; ici, c'est l'outil qui travaille et produit directement et c'est
à ce dernier que vont nos sympathies et nos encouragements. Enfin, cette exiguïté elle-même a prodigieusement favorisé la mise
en culture de ces diverses parcelles. Toutes, sans exception, ont
été mises en valeur sous forme de prés, de champs labourés et
de bois. Le résultat visé est atteint. En 1902, l'expropriation
pour l'établissement du camp de La Courtine d'un certain nombre de parcelles des deux catégories (pâture et lande) a fait
ressortir un prix moyen de 1000 fr. à l'hectare qui constitue une
plus-value de 970 fr. à l'hectare, le prix de vente aux acquéreurs étant de 30 fr. Cette plus-value de 970 fr. obtenue en
24 ans, qui est des plus remarquables, nous semble réduire à
leur juste valeur les réserves de M. Cardot ; elle nous montre
aussi que la valeur foncière de ce petit chef-lieu de canton s'est
accrue de $(10,12 + 174,80) \times 970 = 179.372$ fr. 40 par le seul
fait du partage et de la mise en valeur des biens communaux.
M. Monglond a bien mérité de ses administrés.

*
* *

« Forêts et pâturages s'accommodent mal, d'ailleurs, de par-
» celles de faible étendue. » Soit. Mais nous savons déjà que
l'étendue des biens communaux croît au fur et à mesure qu'on
avance dans la montagne, tandis que le nombre des agglomérations et des feux de ces agglomérations décroissent rapidement.
Dans ces régions, c'est l'ampleur, parfois l'immensité, qui se subs-
titue à l'exiguïté des parts.

Nous pensons d'ailleurs qu'à surfaces égales, l'éleveur qui dispose de plusieurs herbages séparés a de grands avantages sur
celui qui n'a qu'un nombre restreint de tènements. La multiplicité des herbages permet d'établir un roulement dans la jouissance : les terroirs les plus précoces et les plus chauds sont les
premiers livrés à la consommation ; les sols humides ou très meu-
bles sont réservés au pacage en temps de sécheresse et les sols secs
ou privés d'eau, pendant les périodes pluvieuses. La multiplicité
des herbages permet encore la séparation des mâles et des fe-
melles qui est des plus désirables dans les moyennes et grandes
exploitations. Les troupeaux composés d'un nombre raisonnable
de têtes de bétail sont plus faciles à conduire et à surveiller ;
les combats et les jeux à l'état de liberté sont plus aisément
réprimés ou modérés.

La petite propriété est d'ailleurs plus productive que la grande en pays accidenté. L'alimentation des animaux est plus profitable sur les parcours restreints, et les excréments, moins disséminés, sont beaucoup plus efficaces. Les petits herbages enfin donnent moins de déchet que les grands et ils ne souffrent guère d'un piétinement peu prolongé.

Quant aux *terres à bois*, il n'est pas donné à tous les exploitants d'en avoir à leur disposition les étendues nécessaires à la constitution d'une forêt. D'ailleurs la forêt, en tant que productive de bois seulement, reste en quelque sorte muette et passive à l'égard du paysan parce qu'il n'a pas sur le Plateau de Millevaches, par suite de l'insuffisance des voies de communication, les moyens d'en écouler les produits à des prix rémunérateurs (1) et qu'il n'a, d'autre part, que de vagues notions sur son rôle climatérique et son influence sur l'état d'équilibre atmosphérique. A la suite d'un article que nous avons publié en 1907 sur le reboisement des terrains communaux du Massif Central, un montagnard écrivait :

« Je suis d'avis qu'il faut défricher le plus possible de bruyères
» et de landes. Les terrains occupés par la bruyère sont à terre
» noire par suite de la décomposition des bruyères, des mousses et
» autres végétations; mais si ces terres étaient cultivées pendant
» un certain temps, elles deviendraient des terres blanches comme
» les terres cultivées depuis un temps immémorial. Il faut donc
» cultiver les bruyères partout où cela peut se faire. On doit
» laisser des espaces nécessaires pour l'élevage des bêtes à laine
» parce que la bruyère est à nos brebis ce que le quinquina est à
» l'homme, c'est-à-dire très salutaire. Ce parcours laissé pour les
» brebis peut être escarpé. Je ne veux pas dire qu'il ne faut pas
» reboiser, mais ce reboisement doit être fait rationnellement; il

(1) « Il est — dit M. Octave d'Abzac — pénible de le faire connaître, le
» bois ne donne qu'un revenu insignifiant aux propriétaires de cette zone
» infortunée. C'est ainsi que dans une coupe de 25 à 30 ans, de hêtres et chênes, on
» retire à l'hectare 35 à 40 stères de bois, après avoir réservé un certain nom-
» bre de baliveaux. Le stère est vendu sur pied 1 fr. 50 à 2 fr. au marchand
» qui l'exploite, et celui-ci en transforme la plus grande partie en charbon
» afin de réduire les frais de transport.

» Les branches qui feraient d'excellents fagots, vendus à Limoges 15 à
» 20 fr. le cent, sont abandonnées sur le sol, et laissées à qui veut les prendre.

» Le propriétaire retire donc, au maximum 80 fr. par hectare, après trente
» ans, soit un rapport moyen de 2 fr. 65 par an. » (Congrès de Limoges.
L'Arbre et l'Eau — Séance du 21 juin 1907).

» ne faut pas mettre en bois tout le pays pour le plaisir des tou-
» ristes et des chasseurs. Je voudrais que nos champs fussent assez
» grands pour que l'on pût à leur tête avoir des taillis qui main-
» tiendraient la terre, arrêteraient et conserveraient l'humidité
» pour les terres inférieures. Ce qu'il faudrait à notre pays, ce
» seraient des amis des champs. »

Le désir de notre montagnard est donc d'avoir des terrains assez
vastes pour faire des champs et des taillis, tout en ménageant
des bruyères — le quinquina des brebis — pour l'élevage des troupeaux. Le partage intégral des biens communaux peut seul lui
donner satisfaction.

Il souhaiterait aussi « des amis des champs » et en vérité, ils
sont plus rares qu'on ne paraît le croire, les vrais amis des champs.

*
* *

Création des pâturages sous bois. — Les affectations arables ou
fourragères reçues par les terrains issus du partage n'ont pu porter, les premières, que sur les terres de bonne qualité, et les secondes
sur les terres naturellement humides ou arrosables. Il reste donc
des surfaces bien plus considérables, en état de bruyères, qui,
pour être moins fertiles n'en sont pas moins susceptibles d'une
sérieuse restauration. Cette opération de mise en valeur demande
évidemment d'assez longs et persévérants efforts et entraîne
aussi quelques petits sacrifices présents; elle n'en a pas moins
donné lieu à de très intéressantes entreprises déjà couronnées
de succès.

Libre de disposer désormais à son gré des nouveaux terrains,
maître absolu du choix des essences, usant des facilités qui lui
sont accordées par l'État sous forme de concessions gratuites
de graines ou de plants et dégrèvement d'impôt foncier pendant
30 ans, l'habitant du Plateau de Millevaches s'applique à employer une partie des ressources introduites chaque année par l'émigration à reforester en vue de la création des pâturages sous bois.

« L'arbre — dit M. Volmerange — est un agent fertilisateur et
» il est remarquable de voir les bruyères reboisées se recouvrir
» d'un herbage de bonne qualité dans les parties clairiérées,
» si bien que le reboisement, repris avec méthode, peut devenir
» l'auxiliaire du pâturage et peut être considéré dans un grand
» nombre de cas comme un procédé de culture agricole. »

Sous le couvert des semis forestiers établis dans les landes plus
ou moins arides, l'humus et la fraîcheur s'accumulent peu à peu.

Dans ce milieu, la végétation semi-ligneuse (Bruyères, Genêts, Ajoncs, etc.), soustraite à l'action de la lumière et soumise à une humidité concentrée, disparaît en une vingtaine d'années; les déchets forestiers superposés aux produits de sa décomposition, en s'incorporant au sol superficiel, favorisent l'apparition d'une flore herbacée du groupe des hydrophiles qui s'étend progressivement au fur et à mesure des éclaircies opérées avec une intensité commandée par la nature des essences et des orientations.

Cette substitution végétale n'a pas, malgré son importance, suffisamment fixé l'attention des botanistes agricoles. Elle s'opère cependant avec une grande régularité et suivant des lois bien déterminées. Les observations que nous avons faites depuis plus de 20 ans, à des altitudes et sur des sols variés, dans des pâturages sous bois déjà existants ou en voie de création, nous ont fait constater que la composition des herbages dans un semblable milieu est à peu près indépendante de la nature du sol qui les nourrit et de l'essence qui leur sert d'abri, à la condition bien entendu de pratiquer les vides en rapport direct avec la profondeur du couvert forestier.

Les prédilections peu sensibles d'ailleurs, manifestées par :

Avena flavescens et *Melica uniflora* pour le chêne ;

Holcus mollis, pour le chêne et le bouleau ;

Deschampsia flexuosa et *Danthonia decumbens* pour les hêtres clairiérés,

ne sauraient infirmer cette loi, puisque on trouve partout autour d'elles, en proportion variable dans la masse suivant le degré d'humidité ou de sécheresse du sol :

Melampyrum arvense, Anthoxanthum odoratum, Phalaris arundinacea, Deschampsia cæspitosa et sa variété *pallida, Poa nemoralis, Cynosurus cristatus, Festuca heterophylla* et *rubra, Brachypodium pinnatum* et *silvaticum* etc; qui, en mélange avec quelques rares composées, constituent le pâturage sous bois bien conduit.

La marche à suivre sur le Plateau de Millevaches pour créer ces pâturages sous bois dont nous avons fait connaître les avantages et la valeur, consiste à reboiser dru les hauteurs et quelques rampes plus ou moins pierreuses en pin silvestre, sauf à repeupler plus tard en vue de la reproduction de l'herbe, dans les conditions extrêmement favorables, sur un sol superficiellement disloqué et enrichi, avec du hêtre , espèce d'ombre, qui repousse de souche et se régénère bien par la semence. Les massifs ainsi obtenus ont pour rôle immédiat d'améliorer les conditions climatériques en brisant les grands courants aériens, de protéger les versants et de constituer de véritables réservoirs d'eau de pluie et de neige destinés à fertiliser les terres inférieures aux époques sèches de l'année.

Quant aux versants à pente généralement plus ou moins accentuée, et en particulier les versants nord tout spécialement propres à donner des pâturages sous bois, ils sont réservés à la reforestation directe, au chêne ou au hêtre, et exploités en taillis sous futaie. Ce traitement qui, au point de vue forestier, allie les avantages de la futaie à ceux du taillis, est des plus recommandables dans l'intérêt pastoral, en ce sens qu'il réduit au minimum de temps l'interdiction du pâturage après les coupes périodiques, en s'opposant très efficacement, par la présence de ses nombreux baliveaux, aux phénomènes d'alternance que nous avons signalés. Enfin, l'exploitation en taillis sous futaie favorise l'apparition du coudrier, arbrisseau ligneux de seconde grandeur, qui coopère très avantageusement dans notre région à la production de l'herbe en raison de l'abondance de ses feuilles et de leur transformation rapide en terreau peu acide.

Il convient aussi de favoriser la multiplication du frêne partout où l'humidité relative du terrain lui permet de prospérer ; il se plaît en alignement dans les haies de clôture des prés et des pâtureaux. Ses feuilles, à propriétés légèrement purgatives, consommées en vert ou à l'état de broute sèche, sont un remède tout indiqué contre l'échauffement produit par l'alimentation au trèfle sec et contre la stérilité des vaches qui en est presque toujours la très préjudiciable conséquence.

* *

Les travaux de reforestation par le paysan, qui est du reste le meilleur reboiseur, se poursuivent activement. Quand les lots individuels à reforester ont une étendue trop considérable pour être traités en une seule fois, ils sont divisés en parcelles sur l'une desquelles se concentrent l'effort et toute la dépense qui peuvent être raisonnablement consentis. Nous avons même vu des terrains reforestés en damier à la suite d'un accord intervenu entre l'ensemble des propriétaires ; cette manière de procéder chacun pour son compte, mais simultanément, est des plus avantageuses, parce qu'elle permet d'assurer plus facilement la surveillance et la garde du damier qui se trouve ainsi interdit au pâturage pendant le temps nécessaire au consentement unanime des ayants-droit.

De plus, hâtons-nous de le dire, l'action bienfaisante de l'ambiance forestière, sur la végétation herbacée, ne se limite pas au couvert. Elle s'exerce au loin sur un périmètre d'autant plus étendu que les orientations sont plus favorables. Dans les intervalles herbagés du damier forestier que nous avons étudié sur la commune de Clairavaux où la reforestation que nous préconisons arrive au terme de sa réalisation, nous avons vu se multiplier depuis 15 ans, sur le micaschiste, à 850m d'altitude, *Ornithopus perpusillus*, *Scutellaria minor* et *galericulata*. *Lotus corniculatus* et *uliginosus*, *Polygala vulgaris*, *Arrhenatherum elatior*, *Dactylis glomerata*, *Poa pratensis*, *Holcus lanatus*, *Briza media* et les Trèfles, qui sont toutes d'excellentes plantes fourragères. Elles appartiennent sans doute à la flore spontanée, mais le développement et la fréquence qu'elles ont pris dans les intervalles de ce damier ont transformé en herbages de bonne qualité des prés et des pâturaux qui seraient restés médiocres et peu productifs en terrain absolument découvert. Là, encore, nous avons vu des prairies temporaires créées il y a plus de 20 ans, sur les indications de la maison Vilmorin, où l'Avoine élevée, le Trèfle petit et le Lotier ont conservé une productivité suffisante en mélange avec la Houlque molle qui les a envahies. Ces prairies, dont la longétivité ne peut être attribuée qu'à l'influence de l'ambiance forestière, donnent encore une bonne coupe et de la dépaissance dans les années de fourrage.

*
* *

En conseillant la reforestation progressive en vue de la création des paturages sous bois pour l'utilisation des terrains impropres actuellement à toute autre culture, il ne nous échappe pas que cette opération a eu déjà et aura encore pour effet plus ou moins prolongé, de soustraire au pâturage les parcelles reboisées et, par voie de conséquence, de contribuer en particulier à la diminution de l'élevage du mouton. C'est incontestable. Toutefois, il ,importe de faire remarquer que cette diminution ne sévit pas seulement sur le Plateau de Millevaches où l'on fait du reboisement. Elle porte sur toute la France au point de réduire d'un tiers dès maintenant le nombre des troupeaux d'ovidés. Elle provient de causes multiples et générales tenant de la nouvelle technique agricole qui impose la suppression des jachères et le déchaumage après la moisson ; elle provient aussi chez nous de la difficulté de trouver des bergères à des prix raisonnables de de telle sorte qu'on a pu dire, non sans vérité, que la bergère, bien plus vite que le loup, mange le troupeau, D'un autre côté, les apôtres de l'élevage intensif du mouton oublient volontairement de constater que le poids spécifique de viande produite a plutôt augmenté par suite de l'accroissement correspondant du nombre des bovidés et que les revenus de l'éleveur se trouvent dégrevés en partie des gages du vacher qui est employé aux travaux agricoles pendant que ses animaux sont abandonnés sans surveillance spéciale dans les pâturages clos.

Quoi qu'il en soit, en nous inspirant des conseils des économistes, à savoir, qu'il ne faut jamais, sous prétexte de reforestation, négliger de trouver à côté la compensation fourragère nécessaire, nous nous sommes réservé d'indiquer ici un procédé de fertilisation des prés et d'amélioration de la flore qui ont produit les meilleurs résultats, tout en présentant sur les moyens recommandés par les agriculteurs en chambre, l'avantage très appréciable de n'exiger pour ainsi dire aucun frais.

* *

Fertilisation des prés et amélioration de la flore. — On croit trop généralement que l'herbe est un produit spontané du sol parce que des prés donnant depuis un temps immémorial continuent de donner. C'est là une erreur manifeste et l'éleveur doit avant tout se pénétrer de cette idée que la valeur des produits de ses prés naturels dépend de deux facteurs, quantité et qualité des plantes qui les composent, et que ces deux facteurs sont susceptibles d'une importante augmentation dans notre région.

Le procédé de fertilisation des prés et d'amélioration de la flore par la multiplication des bonnes espèces, que nous recommandons, comporte trois opérations extrêmement simples et à la portée de tous :

1o Epandage pendant l'hiver d'une mince couche de terre sur la sole du pré ; 2o Semis au printemps, de préférence à l'approche de la pluie, d'un mélange de graines de bonnes plantes fourragères ; 3o Traînée d'un faisceau de branches pour amener en contact intime les graines et la terre, ou mieux encore, dans les parties humides notamment, hersages en tous sens avec un instrument lourd et à dents pénétrantes. Outre l'enfouissement des graines, les hersages favorisent l'aération du sol et la nitrification de l'azote dont nous allons parler.

En opérant ainsi, les semences lèvent dans une forte proportion : les plantes introduites, bénéficiant dans leur jeunesse de la protection et de l'ombre de leurs voisines, se développent avec une grande vigueur et, dès la fauche suivante, la récolte s'en trouve sensiblement améliorée.

La terre à répandre s'offre de toutes parts à l'agriculteur en pays de montagne : il peut utiliser à cet effet les matériaux de déblai d'un chemin d'exploitation à ouvrir on à rectifier; il peut puiser au fond de son champ voisin ou dans le pré lui-même au tertre ou à la butte à niveler. Le tomberau chargé est promené dans le pré en temps de gelée autant que possible pour éviter la dégradation de la pelouse et l'épandage se fait directement à la pelle. Accompli en hiver, ce travail ne nécessite aucun frais ni perte de temps au détriment de la culture générale.

En ce qui concerne la composition des mélanges à semer, elle est prescrite par l'examen de l'analyse florale de nos prés. Il ne saurait être question, en effet, sans courir à un insuccès presque certains, d'introduire des plantes nouvelles, telles que la Luzerne et le Sainfoin qui ne conviennent d'ailleurs qu'aux prairirs temporaires. Il suffit de s'en tenir aux bonnes espèces que la richesse de la flore met à notre disposition; il s'agit simplement de faire passer dans la catégorie des « dominantes » et des « essentielles » les plantes productives et de haute valeur alimentaire toutes les fois que l'analyse les a placées seulement au nombre des « accesssoires » ou des « accidentelles », N'avons-nous pas dans ces cas, parmi les légumineuses, le Trèfle des prés, le Trèfle blanc, le Trèfle petit et le Lotier corniculé; et, parmi les graminées, le Paturin des prés, le Paturin commun, la Festuque des prés, le Fléole ou Timothey, l'Avoine élevée ou Fromental, le Dactyle pelotonné l'Avoine jaunâtre et la Crételle, pour ne citer que les meilleures plantes des prés de fauche ? La multiplication de ces espèces suffit à transformer en foin de première qualité des fourrages médiocres.

Il est possible et facile même de se procurer chaque année, en quantité suffisante, les graines nécessaires au semis. Tout propriétaire qui cultive la prairie temporaire récolte généralement luilui-même sa semence de trèfle; pourquoi ne récolterait-il pas de la même manière les graines des plantes que nous venons de signaler en les cultivant à cette fin en petits carrés dans son jardin ou dans tout autre lieu favorable ? Les avantages de la récolte directe sont évidents : emploi de plantes déjà adaptées au milieu et prix de revient insignifiant. Mais, ces graines se trouvent toutes dans le commerce et l'achat en est relativement peu onéreux ; les agriculteurs qui ne les connaissent qu'imparfaitement, feront bien de se les procurer, la première fois tout au moins, par ce moyen pour se familiariser avec elles, à défaut d'herbier à consulter (1).

*
* *

Il va sans dire que le procédé de régénération directe de la flore des prés et des herbages en général par semis est d'autant plus efficace qu'il est secondé par les moyens de fertilisation résultant de l'emploi du fumier de ferme et des engrais chimiques toutes les fois que les cultivateurs sont en mesure de les appliquer.

Le fumier de ferme, produit vers la fin de l'hiver et transporté dans les prés avant toute fermentation avancée, sert de véhicule aux graines échappées du râtelier ; la fréquence relative du Fromental, du Dactyle et du Timothey n'a pas d'autres causes dans les prés de quelques fermes où ces plantes sont cultivées en prairies temporaires.

Comme agent fertilisateur, le fumier de ferme mis dans les prés ne reste jamais sans effet. Mais le cultivateur qui peut en prélever une certaine quantité sur les disponibilités prévues après la fumure des semailles de printemps, doit le réserver tout spécialement aux parties sèches de ses prés, car il est chimiquement impuissant à provoquer la réaction nécessaire à la fertilisation des parties humides. L'analyse et l'observation ont mis en évidence, il ne faut pas l'oublier, que dans les parties humides de nos herbages en général, le principal ennemi, celui qui engendre tous les autres, c'est l'accumulation dans le sol superficiel d'un excès de matières organiques qui le rendent acide et s'opposent à la nitrification. Pour combattre cet excès d'acidité,

(1) Les espèces dont nous conseillons la multiplication se trouvent comprises dans les 75 meilleures plantes fourragères figurées et décrites par T. Husnot, cultivateur diplômé de Grignon, lauréat de l'Institut, dans son très intéressant ouvrage *Les Prés et les Herbages*, 1902, prix 3 francs, en vente chez l'auteur, à Cahan, par Athis (Orne).

qui assure la végétation des mauvaises plantes, il faut recourir délibérément à l'emploi de la chaux.

La chaux, qui agit presque exclusivement comme élément nutritif des plantes sur les parties sèches, c'est-à-dire pauvres en matières organiques, exerce en effet une double action dans les sols humides ou tourbeux. Ici, la chaux sert non seulement d'aliment, mais elle fonctionne encore comme agent chimique en favorisant la décomposition de la matière orgnique du sol et en retenant les principes utiles pour les fournir lentement et au fur et à mesure des besoins des récoltes. Elle dégage l'azote de ses combinaisons organiques insolubles pour le transformer en acide nitrique et le livrer à l'état de nitrates assimilables aux bonnes plantes. Sur le Plateau de Millevaches il est assez facile, en l'état actuel des voies de communication, de se procurer la quantité de chaux nécessaire à nos petites exploitations et elle coûte beaucoup moins cher que le fumier.

On peut employer la chaux grasse que l'on fait fuser péalablement sous le hangar, et l'épandre à la volée à raison de 800 à 1000 kil. à l'hectare, l'année après la régénération de la flore par semis. Mais, malgré les avantages de l'emploi direct, il est préférable dans notre région de faire des composts dans lesquels la chaux est intimement mélangée à des tourbes ou mieux à des terreaux et d'épandre ces préparations sur les prés avant l'hiver. M. Gillin, ancien professeur départemental d'agriculture de la Corrèze, préconise l'emploi de ces terreaux calcaires et il est persuadé qu'une partie des bons effets de certains engrais chimiques est plus particulièrement due à leur teneur en chaux. Pour cette raison, les scories de déphosphoration à la dose de 500 kil. par hectare doivent être employées, de préférence aux phosphates proprement dits, dans les prés du Plateau de Millevaches.

On a reproché à la chaux d'enrichir le père et d'appauvrir l'enfant. C'est qu'alors on l'applique mal : elle peut enrichir l'un et l'autre si l'on en fait bon usage, car elle est l'agent par excellence de mise en œuvre des immenses réserves d'azote déposées dans nos prés humides ou tourbeux.

Quant à l'irrigation, autre procédé de fertilisation de premier ordre, elle est généralement assez bien comprise et bien conduite, car on sait que *l'eau fait l'herbe*. L'approvisionnement en est presque partout suffisant. On pourrait souhaiter seulement que le niveau d'eau vienne plus souvent seconder le coup d'œil plus ou moins sûr de l'irrigateur dans le tracé des rigoles.

L'emploi de cet instrument si simple permettrait d'obtenir des raies horizontales, qui, tout en atténuant le cours des eaux qu'elles distribuent, atteindraient des surfaces qui échappent ac tuellement à l'arrosage et restent à peu près improductives dans les années de sécheresse.

* *

Les soins culturaux que nous venons de passer en revue : épandage de terre et semis de graines suivi d'une traînée de faisceau de branches à défaut de hersage, et, consécutivement, fumure aux terreaux calcaires ou aux scories de déphosphoration, transforment la végétation des prés de la façon la plus heureuse et notamment ceux à humus acide, de beaucoup les plus nombreux. Cette transformation se traduit par de profondes modifications dans la flore, les graminées et les légumineuses dont nous préconisons la multiplication se développant de façon inusitée et les plantes inutiles ou nuisibles sont éliminées dans une grande proportion.

C'est en ces procédés de régénération végétales et de fertilisa tion que résident les larges et multiples compensations recherchées et trouvées par les agriculteurs qui ont distrait de leur domaine pastoral les parcelles de bruyères soumises à la reforestation en vue de la création de leurs pâturages sous bois. Ces compensations ne sont d'ailleurs pas momentanées ; elles se reproduisent sans interruption si l'on prend soin de diviser les prés de la ferme en petites portions que l'on traite tous les dix ou quinze ans et même à des périodes plus éloignées quand les prés sont soustraits à la dépaissance du mouton.

Nombreux sont nos compatriotes qui les ont déjà réalisées ces compensations et, pour en convaincre nos lecteurs qui ne les auraient pas encore constatées, il nous suffira de signaler ici les résultats obtenus par un agriculteur éminent, M. A. Douare. Par la mise en pratique de ces procédés appuyés sur la culture des prairies temporaires de Fromental, de Dactyle, de Timothey, de Jarosse et même de Maïs fourrage dans les trois domaines d'Arfeuille, de Geniveix et de La Rebeyreix, il a réussi, en huit ans, à doubler le nombre des bovidés entretenus dans ses étables et à tripler la valeur estimative de chacun de ses troupeaux par croisement de la race indigène avec des étalons nivernais. C'est une éclatante consécration de l'expérience et de pareils résultats se passent de tout commentaire.

V. — Le Plateau de Millevaches restauré

La restauration du Plateau de Millevaches par la reforestation, dans le but de transformer les bruyères en pâturages productifs, a été rendue possible par le partage des communaux dans la Creuse et dans la partie montagneuse de la Corrèze; elle déterminera un milieu physique et économique hospitalier et prospère.

Le pays sera à la fois embelli et enrichi. La formation, la marche et la propagation des orages seront entravées par la présence des massifs boisés; l'empiètement de l'hiver sur l'automne et le printemps sera sensiblement réduit; les périodes de gel et de dégel seront éloignées.

La pluviosité augmentée et le ruissellement retardé sinon presque complètement supprimé par l'armature herbacée et ligneuse, les eaux météoriques seront retenues sur tous les points de la surface; elles féconderont le sol superficiel et, par infiltration, s'en iront ensuite en partie jaillir aux étages élevées des versants et le surplus renforcer les sources de profondeur. Livrées avec continuité par ces immenses réservoirs naturel et drainées dans de multiples réseaux d'irrigation, ces eaux de source se déverseront lentement dans les ruisseaux des vallons supérieurs après avoir répandu la fertilité sur leur passage. C'est le rétablissement de nos belles rivières d'autrefois et la régularisation de leur débit; c'est l'inondation atténuée dans les plaines inférieures.

Sous un climat plus clément, la fécondité et l'abondance se manifesteront. La protection des habitations, des récoltes et des troupeaux dans les pâturages, le maintien des terres, la conservation des chemins de commmunication et des travaux de dérivation, la sécurité des usines établies sur les cours d'eaux seront désormais assurés.

La réalisation de l'état d'équilibre agricole, conséquence de la production d'énormes masses fourragères nouvelles permettra d'amender les champs labourés moyennant un apport suffisant de fumier de ferme; le laboureur, plus favorisé, sera encouragé et le labeur excessif, qui lui est imposé par le milieu physique actuel, sera allégé, parce que la culture herbagère demande moins de main d'œuvre, moins de capitaux et moins de soins que la culture des céréales, tout en étant plus rémunératrice et moins aléatoire que cette dernière dans notre région.

Pourvus d'un bétail plus nombreux ,les habitants bénéficieront d'une situation matérielle plus aisée et méneront une vie plus large. Disposant de quelques loisirs, le paysan s'appliquera à raisonner ses travaux agricoles intéressants par leur variété, même et de nature à développer ses facultés d'observation; par la lecture, il complétera l'affranchissement de son esprit; le respect outré des traditions et les croyances aux superstitions, qui dominaient la vie de nos ancêtres, s'évanouiront tout à fait. Son éman cipation intellectuelle achevée, il sera l'homme de son temps et se familiarisera avec les grands problèmes qui passionnent l'humanité.

Les ménagères et les jeunes filles exemptes des pénibles travaux des champs et de plus en plus soucieuses de l'hygiène et du confortable continueront d'améliorer l'habitation, bien que de sérieux progrès aient été accomplis à cet égard dans ces trente dernières années. Dans les hameaux les plus reculés, les maisons offrent en effet, pour la plupart, des pièces séparées aux divers membres de la famille et, dans l'encadrement des fenêtres de beaucoup d'entre elles, des fleurs sont des indices certains de la bonne tenue intérieure et autant de sourires prodigués aux passants.

Bref, les bénéfices de la loi sur le repos hebdomadaire seront effectivement acquis à tous les travailleurs des champs.

*
* *

En attendant la formation de ce milieu physique et moral parfait, voyons quels sont, à côté des avantages agricoles et pastoraux que nous avons exposés, les bienfaits d'ordre économique et social également obtenus dès maintenant.

En élevant à la qualité de petit propriétaire terrien l'habitant qui n'avait antérieurement au partage qu'une modeste maisonnette avec ou sans jardin, on l'a attaché à la terre en lui donnant la possibilité de se constituer ce premier bien de famille insaisissable, depuis si longtemps réclamé par les sociologues et institué enfin par la loi du 12 juillet 1909.

En apportant aux très petits et petits propriétaires les compléments de terrains qui leur manquaient, on a consolidé les petites exploitations rurales; en effet, leur nombre s'est notablement augmenté dans la région où le partage a été effectué tandis qu'il a diminué de 241,379 unités (1), en 16 ans (de 1892 à 1908)

(1) *Bulletin mensuel de l'Office des renseignements agricoles,* mars 1907 p. 327.

dans le reste de la France. Bien plus, il est établi par les données dûment contrôlées de la statistique agricole de 1892 que la valeur vénale de la terre a subi une diminution moyenne de plus de 40 $^o/_o$ inégalement répartie sur plus de 60 départements, dont le Puy-de-Dôme, alors que cette même valeur vénale est restée sensiblement stationnaire dans les régions montagneuses de la Creuse et de la Corrèze où le partage s'est poursuivi progressivement depuis 1860.

Les salaires agricoles se sont élevés. Dans la Creuse, pays relativement ingrat au point de vue agricole, les gages annuels de l'ouvrier des champs nourri et logé atteignaient 500 fr. en 1906 (2) taux de beaucoup supérieur aux salaires payés dans les autres départements de France, la Seine-et-Marne exceptée.

En donnant à la plupart des chefs de maison paysanne les terres nécessaires à sa subsistance avec les siens, par le travail sur place, on a resserré les liens de la famille et rehaussé le noble état de laboureur. Il est permis d'espérer que dans ces conditions nouvelles la repopulation sera amorcée et l'émigration enrayée, la fâcheuse émigration — cette plaie de l'agriculture, cette décapitation de la famille — qui enlise dans les grandes cités et dans les usines nos plus vigoureux enfants dont la place serait au milieu des champs abandonnés,

« La maison qui a du *bois*, nous disait M. Désassis, ancien » maire de Clairavaux, est impérissable. Celle qui en est dépourvue » est fragile et parfois envieuse, et l'envie est mauvaise conseil-»lère. » En donnant à chaque habitant les terrains nécessaires à la constitution de son petit bois, le partage est éminemment éducatif et moralisateur, en ce sens qu'il met un frein à la malveillance qui cause les 9/10 des incendies forestiers et aux actes de pillage si difficiles à réprimer directement. Le campagnard plus ou moins besogneux ou peu aisé se résigne difficilement en effet à acheter du bois de chauffage et même du bois d'œuvre; sans trop de scrupule, il prend en passant une bûche dans le bois du voisin et s'oublie parfois jusqu'à s'approprier un petit arbre pour confectionner ou réparer un instrument agricole. Grâce aux produits de son petit bois, il n'a plus aucune raison ni excuse de se livrer à ces sortes de rapines.

Une fois entrées dans la circulation par le partage et l'aliéna-

---

(2) Statistique officielle établie par le Ministère du Travail d'après les renseignements fournis par les maires.

tion, ces propriétés communales — véritables biens de main
morte — sont soumises aux droits de mutation; leurs cotes
foncières sont élevées au fur et à mesure des améliorations exé-
cutées; des droits d'enregistrement sont perçus sur les actes
de vente de première et de seconde main, car malheureusement
tous les bénéficiaires ne restent pas en possession des lots qui
leur sont échus. Bref, toutes ces transactions de propriétés par-
ticulières sont déjà et seront de plus en plus des sources très
appréciables de revenus pour le Trésor; elles produiront dans
l'avenir une bonne partie des ressources nécessaires à l'acquittement des retraites ouvrières et paysannes de la région et le
nombre des ayants droit s'en trouvera réduit dans une forte proportion.

Enfin, la conversion de propriété que nous préconisons a eu
pour conséquence d'accroître très notablement la valeur de notre
patrimoine local. En prenant pour base la plus value de 970 fr.
à l'hectare réalisée en 14 ans à La Courtine, nous arrivons, pour
350.000 hectares de bruyère aliénés ou à aliéner, au chiffre imposant de 350.000 × 970 = 339.500.000 francs, qui représente
une fraction très importante de la valeur immobilière du Plateau
de Milllevaches.

VI. — Conclusion

Les sept cantons du département du Puy-de-Dôme (Bourg
Lastic, Herment, Pontaumur, St-Gervais, Menat, Pionsat et
Montaigut-en-Combrailles) s'étendant sur le versant gauche du
bassin de la haute Sioule et qui sont le prolongement du Plateau
de Millevaches, se rattachent à lui par une similitude complète
dans la nature du sol, l'altitude, le climat et les productions
agricoles. Les bienfaits de tout ordre résultant du partage et de
l'aliénation des biens communaux dans diverses régions de la
France, notamment dans la Creuse tout entière et dans la partie
montagneuse de la Corrèze, ne sauraient manquer de se reproduire
ici. Mais, en vertu d'une division territoriale étrangère à toute
considération scientifique et naturelle, ils ont été incorporés à
un département où une réglementation uniforme s'applique à
toutes les propriétés communales, à celles de la Limagne, comme
à celles des hauts sommets volcaniques de la chaîne des Dômes
et du groupe des Monts Dores.

L'exiguité pour ne pas dire la non existence des communaux de la Plaine, l'altitude, la déclivité de ceux des massifs éruptifs qui les rendent impropres même à la culture forestière, sans parler de leur éloignement des fermes, font que les habitants de ces deux régions s'accommodent des partages de jouissance consentis suivant baux de 27 ans.

Il n'en peut être de même sur le versant gauche de la haute Sioule. Aussi bien, à côté des lotissements de 27 ans, y trouve-t-on beaucoup plus nombreux qu'on ne le croit, des *partages fictifs* effectués entre les ayants droit. Ces baux de trop courte durée et ces partages fictifs — toujours précaires parce qu'ils peuvent être rendus caduques de par la volonté d'un seul — ne permettent pas l'amélioration définitive de lots qui doivent retomber à date fixe dans le domaine collectif, en faisant appel à l'arbre, l'agent fertilisateur et rénovateur par excellence des pays granitiques.

Pour ces diverses raisons, les populations agricoles de cette région désirent vivement le partage et l'aliénation de leurs biens communaux. Souhaitons donc que ces laborieux paysans, mieux éclairés désormais, s'unissent dans une commun effort pour secouer leur propre inertie et aviver l'esprit d'initiative des autorités locales. A cette double condition, ils réussiront à faire valoir leurs légitimes revendications devant le Conseil général.

Cette assemblée, si soucieuse des intérêts agricoles de son beau département, sera bien inspirée, par ces temps de délimitations à outrance, en donnant satisfaction aux demandeurs, car il ne faut pas perdre de vue que, souvent, ce qui sauve les principes, ce sont les dérogations équitables.

Cette délimitation, loin de déchaîner la Jacquerie dans la montagne, sera chaleureusement accueillie par les populations; ce partage de propriété assurera la restauration agricole et pastorale de cette pauvre région à l'instar de la Creuse et de la Corrèze, ses voisines. Le cours de la Sioule régularisé, les riverains auront dès lors en tout temps les quantités d'eau prévues par les règle ments hydrauliques pour l'irrigation; la Société du gaz de Clermont pourra envisager sans crainte l'avenir de sa magnifique usine électrique de QUEUILLE, et la belle unité du Plateau de Millevaches lui sera conservée dans une ère nouvelle de prospérité.

TABLE DES MATIÈRES

Limoges. Imp. Ducourtieux et Gout, rue des Arènes, 7.

10

www.ingramcontent.com/pod-product-compliance
Lightning Source LLC
Chambersburg PA
CBHW070823260626
47161CB00006B/2383